Tucholsky Wagner Zola Scott Sydow Fonatne Freud Schlegel
Turgenev Wallace
Twain Walther von der Vogelweide Fouqué Friedrich II. von Preußen
Weber Freiligrath
Kant Ernst Frey
Fechner Fichte Weiße Rose von Fallersleben Richthofen Frommel
Hölderlin
Engels Fielding Eichendorff Tacitus Dumas
Fehrs Faber Flaubert
Eliasberg Ebner Eschenbach
Maximilian I. von Habsburg Fock Zweig
Feuerbach Eliot
Ewald Vergil
Goethe London
Elisabeth von Österreich
Mendelssohn Balzac Shakespeare Dostojewski Ganghofer
Lichtenberg Rathenau
Trackl Stevenson Doyle Gjellerup
Tolstoi Hambruch
Mommsen Lenz Droste-Hülshoff
Thoma Hanrieder
von Arnim
Dach Verne Hägele Hauff Humboldt
Reuter
Karrillon Rousseau Hagen Hauptmann
Garschin Gautier
Defoe Baudelaire
Damaschke Hebbel
Descartes
Hegel Kussmaul Herder
Wolfram von Eschenbach Schopenhauer
Darwin Dickens Rilke George
Bronner Melville Grimm Jerome
Bebel
Campe Horváth Aristoteles Proust
Bismarck Vigny Voltaire Federer Herodot
Barlach
Gengenbach Heine
Storm Casanova Tersteegen Grillparzer Georgy
Lessing Gilm
Chamberlain Langbein Gryphius
Brentano
Lafontaine
Claudius Schiller
Strachwitz Kralik Iffland Sokrates
Schilling
Bellamy
Katharina II. von Rußland
Gerstäcker Raabe Gibbon Tschechow
Löns Hesse Hoffmann Gogol Wilde Vulpius
Gleim
Luther Heym Hofmannsthal Morgenstern
Klee Hölty
Roth Heyse Klopstock Kleist Goedicke
Luxemburg Puschkin Homer Mörike
La Roche Horaz Musil
Machiavelli
Kierkegaard Kraft Kraus
Navarra Aurel Musset
Lamprecht Kind Moltke
Nestroy Marie de France Kirchhoff Hugo
Laotse Ipsen Liebknecht
Nietzsche Nansen
Marx Ringelnatz
Lassalle Gorki Klett
von Ossietzky Leibniz
May
vom Stein Lawrence Irving
Petalozzi
Platon Knigge
Pückler Michelangelo Kafka
Sachs Poe Kock
Liebermann
Korolenko
de Sade Praetorius Mistral Zetkin

Der Verlag tredition aus Hamburg veröffentlicht in der Reihe **TREDITION CLASSICS** Werke aus mehr als zwei Jahrtausenden. Diese waren zu einem Großteil vergriffen oder nur noch antiquarisch erhältlich.

Symbolfigur für **TREDITION CLASSICS** ist Johannes Gutenberg (1400 — 1468), der Erfinder des Buchdrucks mit Metalllettern und der Druckerpresse.

Mit der Buchreihe **TREDITION CLASSICS** verfolgt tredition das Ziel, tausende Klassiker der Weltliteratur verschiedener Sprachen wieder als gedruckte Bücher aufzulegen – und das weltweit!

Die Buchreihe dient zur Bewahrung der Literatur und Förderung der Kultur. Sie trägt so dazu bei, dass viele tausend Werke nicht in Vergessenheit geraten.

Der Rosenkönig

Heinrich Seidel

Impressum

Autor: Heinrich Seidel
Umschlagkonzept: toepferschumann, Berlin

Verlag: tredition GmbH, Hamburg
ISBN: 978-3-8424-1210-1
Printed in Germany

Ziel der TREDITION CLASSICS ist es, tausende deutsch- und fremdsprachige Klassiker wieder in Buchform verfügbar zu machen. Die Werke wurden eingescannt und digitalisiert. Dadurch können etwaige Fehler nicht komplett ausgeschlossen werden. Unsere Kooperationspartner und wir von tredition versuchen, die Werke bestmöglich zu bearbeiten. Sollten Sie trotzdem einen Fehler finden, bitten wir diesen zu entschuldigen. Die Rechtschreibung der Originalausgabe wurde unverändert übernommen. Daher können sich hinsichtlich der Schreibweise Widersprüche zu der heutigen Rechtschreibung ergeben.

Text der Originalausgabe

Heinrich Seidel

Der Rosenkönig.

Sonnabend den 1. April.

Dem Drängen und Treiben bin ich nun glücklich entronnen. Hier ist es fast friedlich und still, ich möchte beinahe vergessen, daß ich in einer großen Stadt wohne, tönte nicht ein fernes Rollen und Brausen zu mir her, gleichsam das Wogenrauschen des ewig flutenden Menschenmeeres. Im Winter, da ging es schon an; zumal ich fremd in der Stadt, und mir das ungewohnte Leben und Hasten neu war. Ich wohnte so recht mitten darin, wo Handel und Verkehr in den engen Adern winkeliger und verräucherter Straßen mächtig pulsieren. Nun aber, da der Frühling ins Land kam, zog es mich hinaus in die Stille der Vorstadt, wo man dem Frühling ins Angesicht sehen kann, wo es noch Bäume gibt und junges Grün und blühende Gärten, wo man außer der unvermeidlichen Drehorgel auch einmal den Schlag eines Vogels vernimmt, und wo der Donner des Himmels nicht untergeht im Geräusch des lauten Tages.

Heute gab es das erste Gewitter, und unter Blitz und Donner hielt ich den Einzug in mein neues Reich. Meine Fenster schauen auf einen zum Nebenhause gehörigen großen Garten hinaus - und als sich das Wetter verzogen hatte und die siegreiche Sonne milde wieder hervortrat, öffnete ich das Fenster und ließ den frischen Duft der erquickten Erde zu mir herein. Von den jungen Blätterknospen rannen die blitzenden Perlen; ein sanfter Regen vertropfte langsam, wie von der sinkenden Sonne ausgetrunken, und ein schöner Regenbogen stieg aus dem leuchtenden Knospengrün auf in das einförmige Grau des Himmels.

Ein jeder Mensch hegt nun wohl in seiner Brust dergleichen kindliche Thorheit, und so muß ich denn bekennen, daß mir das als eine anmutige Vorbedeutung erschien, als müsse ich an diesem Orte rechten Frieden haben und dereinst etwas Schönes erleben.

Es ist aber doch ein unbehagliches Ding um eine neue Wohnung.

Nun sitze ich hier an einem unbekannten Schreibtisch in einem Zimmer, mit dem ich nicht vertraut bin, unter lauter fremden Dingen, und ein Bett erwartet mich, in dem ich noch nie geruht. Es ist einem ähnlich zu Mute wie in einer Gesellschaft unter lauter unbekannten Menschen. In solchen Augenblicken begreife ich sehr wohl die Anhänglichkeit vieler Leute an alte Möbel und Geräte, die sie schon von ihren Vorfahren überkommen haben, mit denen sie aufgewachsen sind, mit deren Schnitz- und Bilderwerk ihre Kinderphantasie sich schon beschäftigt hat, und an deren Anblick hundert Erinnerungen geknüpft sind, fröhliche und traurige. Mein einziges Möbel, mein altes braves Schreibzeug, blickt mich allein vertraulich an mit seinem Muschel- und Blätterwerk aus Gußeisen.

Draußen ist eine dunkle, wolkenverhangene Frühlingsnacht.

Das Gewitter ist weit fortgezogen und steht am fernen Horizont als ein stummes Wetterleuchten; dunkel und schweigend ruhen die schwarzen Baummassen; nur zuweilen fällt ein schwerer Tropfen von den sattgetrunkenen Knospen leise hernieder.

Sonnabend den 15. April.

Jetzt fängt schon die gute alte Dame Gewohnheit an, mich mit ihren leisen Banden zu umspinnen; ich werde heimischer in dem Raume, der mir zur Wohnung dient, und vertrauter mit den Gegenständen, die mich umgeben. Der alte Sekretär, der mir als Schreibtisch dient, trat mir zuerst näher, dadurch, daß man einen gewissen Kunstgriff anwenden muß, um seine wackelige Klappe zu schließen; es besteht auf diese Weise eine Art von Geheimnis zwischen uns beiden, und das befördert die Bekanntschaft. Meine Bücher schauen mich wohlgeordnet aus dem Glasschranke an mit ihren Titeln wie mit bekannten Gesichtern; so ein Buch ist ein lieber trauter Freund, und oft wiege ich einen dicken schweren Band wohlgefällig in der Hand und denke über das Sonderbare nach, daß solch ein unscheinbarer viereckiger Körper so eine Menge von herrlichem Inhalt birgt, der beim Lesen gleichsam aus ihm herauswächst wie ein prächtiger Wunderbaum mit Blüten, Früchten und gaukelnden

Schmetterlingen. Da sehe ich denn wohl den Schreiber dessen im Geiste vor mir im stillen Zimmer bei der einsamen Lampe, wie er gewiß viele Abende darüber saß und dachte und dichtete, wie sein Auge blitzte bei der Erfassung eines Gedankens oder wie er vor sich hinstarrte in stillem Sinnen.

Nun ist die Hand längst verdorrt, die dies schrieb, und das bißchen Staub, das im Leben seinen Namen führte, ruht unter einem schweren Leichenstein, aber der Geist ist unsterblich - der ging hinaus ins Volk, und viele Tausende von stillen Lesern ließen den Wunderbaum vor sich aufwachsen, labten sich am Dufte der Blüten, kosteten die süßen Früchte und erfreuten sich still an dem leichten Flatterspiel der Schmetterlinge. Es muß etwas Herrliches sein, ein solches Buch geschrieben zu haben.

Doch das schönste Buch liegt draußen vor mir aufgeschlagen, wo ein eiliger Frühling mit mildem Regen und Sonnenschein seine altbekannten immer neuen Werke schreibt.

Manch schöne Stunde zieht es mich von der Arbeit ans Fenster; es ist aber auch dort zu viel Anmutiges zu schauen und zu hören. Ein großer wohlgepflegter Garten mit sauberen Steigen und prächtigen Gebüschgruppen breitet sich vor mir aus, und bis zu meinen Fenstern hinaus ranken Rosen, deren Bätterknospen sich schon gewaltig entfalten. Wenn alles grün ist, wird mein Fenster erst hübsch werden.

Da gilt es nun den Gang des Frühlings zu verfolgen, und alle Tage entdecke ich Neues und Schönes. Herrlich gewachsene Rosenstämme und Büsche sieht man überall; über die Steige hinaus sind Laubengänge davon gezogen, an den Wänden ranken sie empor; das muß eine zauberische Pracht sein, wenn alles glüht und blüht.

Das lebende Getier will auch beobachtet sein; der Vogel, der durch die Zweige schlüpft oder im Sonnenscheine über die Wipfel fliegt, der frühe Schmetterling, der im leisen Winde dahingaukelt, und die Lerche, die sich zuweilen vom Felde aus über den Garten verirrt und wie ein jubelnder Punkt darüber steht.

Nun gar mein Nachbar, der Besitzer des schönen Gartens, ein freundlicher Mann mit dunklen schönen Augen und weißem Haar, obgleich er noch gar nicht so alt zu sein scheint, und jenem wehmütig-freundlichen Zug um den Mund, der auf ein tiefes Gemüt schließen läßt, der ist wahrlich geeignet, die Gedanken von meiner Arbeit abzulenken. Den ganzen Tag arbeitet er mit einem alten Diener im Garten, schneidend, begießend, pflanzend und hegend; es scheint, als wenn unter dem sanften Blick seines Auges, unter dem verständigen Walten seiner Hände alles mit größerer Freude emporwächst. Wenn ich mich aus dem Fenster lege, kann ich sein kleines, anmutiges, von Epheu und Rosen umsponnenes Häuschen mit einer Glasthür nach dem Garten hinaus seitwärts liegen sehen und am frühen Morgen erwarte ich ihn schon, wenn er pünktlich um sechs Uhr aus der Thür tritt, um sein anmutiges Tagewerk zu beginnen.

Die Frage nach den früheren Lebensschicksalen dieses Mannes beschäftigt meine Gedanken oftmals, und ich ergehe mich dabei in den wundersamsten Vermutungen, doch keine will mir ausreichend erscheinen. Für eine Militärperson sieht er nicht steif und militärisch genug aus, für einen Geschäftsmann nicht nüchtern, für einen gewesenen Beamten nicht trocken, für einen Lehrer nicht pedantisch genug, kurz, kein Stand will mir für ihn passend erscheinen; am geneigtesten bin ich zu glauben, daß er überhaupt niemals einem angehört hat, ein kleines Vermögen besitzt, in seiner Jugend viel reiste und nun mit einem alten Diener und einer ebenso alten Dienerin unter seinen Blumen ein behagliches Junggesellenleben führt.

Bei alledem geht es mit meiner Arbeit frisch vorwärts, mein Geist kehrt nach den anmutigen Ruhepunkten, die ich ihm gönne, um so lebhafter zurück, und Frieden und Ruhe ist in mein Gemüt eingekehrt in dieser friedlichen Behausung.

Montag den 17. April.

»Das ist der Rosenkönig,« sagte mein Wirt. »Rosenkönig – wieso?« fragte ich verwundert.

Mein Wirt, Herr Grund, ist ein vortrefflicher drolliger Kauz. Immer beweglich und geschäftig den ganzen Tag, so daß seine Familie und sein Haus dem unruhigen Rentier lange nicht zur Entfaltung seiner Tätigkeit genügen. Auf die ganze Nachbarschaft und noch weiter, wo nur irgend ein Bekannter aufzuspüren ist, erstreckt sich seine unermüdliche Wirksamkeit. Mit diesem geht er aus, eine

Wohnung zu mieten, jenem vermittelt er einen Mieter. Hier besorgt er Einkäufe und Bestellungen bei seinen täglichen Gängen in die Stadt, dort wartet er mit den neuesten Ereignissen des Tages auf. Alle städtischen Angelegenheiten sind ihm geläufig. Soll irgendwo eine neue Straße angelegt werden - Herr Grund ist bis ins kleinste davon unterrichtet; ist jemand über die neueste Steuer in Zweifel - Herr Grund weiß darüber gründlichste Auskunft zu geben. Alle Häuser der Nachbarschaft mit ihren guten und schlechten Eigenschaften sind ihm vollständig bekannt, er kennt fast jeden ihrer Einwohner. Dabei in seiner gutmütig-freundlichen Manier und dem wahrhaft freudigen Eifer, womit er alles betreibt, wird er nie lästig, und mir ist seine praktisch-prosaische Weise, in der er über alles denkt, mit der er alles angreift, eine wahre Erquickung, ein erfrischendes gesundes Bad bei all den poetischen Gespinsten, die mein Hirn anfüllen.

Aus diesen Gründen war es mir um so überraschender, diesen poetischen Namen von Herrn Grund mit einem solchen Gleichmut wie eine alltägliche Bezeichnung aussprechen zu hören.

»Rosenkönig - wieso?« fragte ich verwundert.

»Ja,« sagte Herr Grund, »so wird er genannt wegen seinen schönen Rosen. Das sollten Sie sehen, wenn die blühen. - Ich sage Ihnen, in dem Garten steckt ein Kapital, sage ich Ihnen - ein Kapital. Na - Liebhaberei - der eine so, der andere so Das Haus . . .«

»Ein reizendes Haus!« flocht ich ein.

»Nun ja,« fuhr Herr Grund fort, indem er gutmütig lächelte - »romantisch, höchst romantisch, aber ich sage Ihnen, die Zimmer nach vorne heraus - gar nicht zu heizen. Sie glauben nicht, welche Menge Holz Herr Born im Winter gebraucht - kolossal!«

Und dabei sprach er das Wort »kolossal« mit solchem gewichtigen Nachdruck aus, als habe jede einzelne Silbe ein vierspänniges Fuder Klafterholz zu bedeuten.

»Also Born heißt der Rosenkönig eigentlich?« fragte ich, um Herrn Grund wieder ins Geleise zu bringen.

»Ja, sehen Sie,« sagte er in einem Tone, der eine längere Auseinandersetzung erwarten ließ, »das Haus gehörte früher der alten

Frau Rätin Born, der Großmutter des Rosenkönigs. Die lebte dort mit ihrer unverheirateten Tochter. Die haben den Rosenkönig erzogen, denn seine Eltern sind beide früh gestorben. Nun wissen Sie ja – Weibererziehung. – Von dieser Pimpelei machen Sie sich gar keine Vorstellung – großartig! Mit anderen Kindern kam er gar nicht zusammen, denn das litt die Alte nicht, und die Tochter war noch schlimmer. Ich war damals ein Junge – na, Sie wissen ja, wie Jungens sind – wir sind in gleichem Alter, der Rosenkönig und ich – und mich hielten die beiden Frauenzimmer nun ganz besonders für eine Ausgeburt der Hölle. Freilich band ich ihren Katzen Blasen an den Schwanz und schoß ihre Hunde mit dem Pustrohr und stahl ihnen Sommer für Sommer das beste Obst aus dem Garten, aber den Hauptthaß hatten sie auf mich geworfen, weil ich den süßen Jungen neckte und quälte, wo ich nur konnte. Ich hatte ihn Pimpelfritze getauft, und wo er sich blicken ließ, riefen wir dies hinter ihm her, im Winter warfen wir ihn mit Schneebällen und im Sommer sogar mit noch schlimmeren Dingen – na, es war unrecht, aber was thut so ein Junge nicht alles. Na kurz, er wuchs so heran; in die Schule ging er nicht, er hatte Hauslehrer und Gouvernanten, alle vier Wochen eine andere, später auch dies nicht mehr, sondern er studierte allein weiter, wie man sagte. Dann weiß ich einige Zeit nichts mehr von ihm, da ich fortkam in die Kaufmannslehre. Später, als er schon majorenn war und sein bedeutendes mütterliches Vermögen angetreten hatte, lebte er noch immer bei den alten Damen, ebenso eingezogen wie früher. Dann wurde er auf einmal rappelköpfig, man weiß nicht warum, trat das erste Mal energisch auf gegen die beiden Alten, und es dauerte nicht lange, so reiste er unter Heulen und Wehklagen der beiden Frauenzimmer ab, wie man sagte, nach einer auswärtigen Universität. Dann ist er lange Zeit fort gewesen, später auf Reisen, zuweilen kam er auf einige Tage und besuchte seine Verwandten, aber nie lange, es war, als wenn es ihm keine Ruhe ließe. Mittlerweile sind dann beide gestorben und einige Jahre, nachdem die Tante begraben war, kam er ganz wieder her, ließ das verfallene Haus neu herrichten und brachte den verwilderten Garten allmählich in den jetzigen Zustand. Sehen Sie, das ist die Geschichte – doch was stehe ich hier und schwatze, es ist die höchste Zeit, daß ich gehe, ich muß zur Stadt und Möbel kaufen helfen für ein junges Ehepaar – sie ist eine entfernte Cousine meiner Frau –

apropos, was rauchen Sie da für eine Zigarre – Kostenpunkt? wenn ich fragen darf.«

Ich nannte den Preis.

»Hm, hm,« sagte er, »es geht an; aber für den Preis will ich Ihnen weit Feineres verschaffen – ich kenne die Quellen. – Warten Sie, heute nachmittag werde ich Ihnen eine Probe mitbringen. – Exquisit – höchst exquisit! sogar noch etwas billiger. Guten Morgen!« Damit war er zur Thür hinaus.

Sonntag den 7. Mai.

Wie die Tage so sanft dahinfließen in Arbeit und Muße, in angestrengtem Denken und müßigem Sinnen und allerlei kleinen Thätigkeiten. Ich hatte von jeher eine Gabe, mich am Kleinleben der Natur, an dem Walten und Treiben um mich her zu vergnügen und dann mit erfrischten Kräften an meine Arbeit zurückzukehren. Die Fliege, die über mein Blatt spaziert, beobachte ich mit Interesse, macht sie einmal einen Punkt in meine besten Satzkonstruktionen, wo kaum ein Komma am Platze wäre; die Spinne, die am Fenster ihr Netz baut, der Schmetterling, der vorüberfliegt, die Biene, die zufällig ins Zimmer summt, der Vogel, der draußen auf dem Zweig vor meinem Fenster konzertiert, alle finden in mir einen harmlosen Bewunderer ihrer Schönheiten, Fähigkeiten und Talente. Eine Rosenranke, die vor meinem Fenster im leisen Winde zittert und schwankt und nun schon mit fast voll entwickelten Blättern prangt, war mir eine Fundgrube der Beobachtung und ist es noch in ihrer fortschreitenden Entfaltung. Den Rosenkönig aber betrachte ich als meinen Hofgärtner, sein Garten ist eigentlich auch meiner; so weit ich ihn übersehen kann, kenne ich ihn fast ebensogut als er, das heißt von außen, was für ihn damit verwachsen ist, kenne ich natürlich nicht.

Es ist nun aber auch Mai, und zwar ein rechter Mai von Gottes Gnaden. Das ist nicht der ungezogene Range, der mit Schnee und Hagel unter die duftenden Blüten wirft und wild zerzaust, was er eben erst aus schüchterner Knospe gelockt hat, das ist nicht der launige Schlingel, der verdrossen umherrumort bei grauem, langweiligem Himmel, der sich beträgt wie ein unartiger Schulknabe, daß man ihn am Ohre nehmen möchte und ausrufen: »Junge, was unterstehst du dich!« Nein, das ist der lächelnde, rosige Genius mit wallenden Locken, mit dem Gesicht wie Sonnenschein, der Zauberer, aus dessen Fußstapfen Blumen sprießen, bei dessen mildem Blick Flur, Berg und Wald ergrünen, blühen und klingen in heller Lust, im freudigen Gefühle des jungen Seins. Im Triumph kommt er gezogen unter blauem Baldachin mit schimmernden weißen Wolken, mit seinen Dienern, Sonnenschein und mildem Regen, mit seinen gefiederten Hofsängern und seinen zierlichen Pagen, den Schmetterlingen.

Seiner Majestät des Königs Mai erste Sängerin, Frau Nachtigall, ist nach längerem Urlaub aus Afrika zurückgekehrt. Gestern abend war wieder große Soiree und es dauerte fast die ganze Nacht. Der Mond und alle Sterne waren zugegen und die großen alten Bäume, sowie die kleinsten Büsche standen ganz stille da, und horchten mit allen Blättern, um keine Note zu verlieren. Selbst die großen dummen Tulpen rührten sich nicht und standen still im Mondschein auf ihren langen Stengeln. Es war ein Solo mit Brummstimmen; diese wurden von den Maikäfern ausgeführt, die um den blühenden Kirschbaum summten, der nahe bei meinem Fenster steht, wo ich die Fremdenloge inne hatte. Frau Nachtigall aber saß auf dem weißleuchtenden Zweige, nahe vor mir, und sang und sang und schmetterte, als wollte sie sich die kleine Seele aus der Brust singen. Gern hätte ich der Künstlerin meinen allerhöchsten Beifall kundgethan, allein, da ich dies nicht auf menschliche Weise äußern konnte durch erhebliches Klatschen und einiges Brava-bravissima-Gebrülle, aus Furcht, das Zartgefühl der Sängerin zu verletzen, so enthielt ich mich dessen, schloß später leise das Fenster und ließ mich in Schlaf singen. Daher kann ich über den Schluß des Konzerts nur sagen, daß es am Morgen entweder schon wieder angefangen hatte oder noch gar nicht zu Ende war.

An diesem Morgen habe ich eine liebliche Entdeckung gemacht. Ueber den Garten des Rosenkönigs hinweg kann ich in den benachbarten sehen, der, da das Terrain nach dorthin etwas ansteigt, höher gelegen ist und durch eine nicht sehr hohe, aber dichte lebende Hecke abgeschlossen wird. Zuweilen hatte ich wohl arbeitende Leute darin bemerkt, auch eine alte Dame von freundlichem Aussehen, aber heute morgen in der Frühe, als selbst der Rosenkönig noch nicht im Garten war und ich ahnungslos hinaussah, bemerkte ich dort ein junges Mädchen. Nur der braune Lockenkopf war mir im Anfang sichtbar, da sie sich dicht hinter der Hecke befand; aber bald trat sie weiter in den Sonnenschein hinaus, und nun konnte ich die anmutige Gestalt in dem hellen Sommerkleide bewundern, wie sie mit dem Gebaren eines Menschen, der nach längerer Abwesenheit heimkehrt, in den Steigen umherging, alles mit Interesse betrachtend. Hier und dort verweilte sie und beugte sich zu einer Blume nieder, daß die Locken über das rosige Gesicht fielen, dann stand sie einmal und spähte zu einer Grasmücke empor, die ihr Morgenlied im Wipfel eines Baumes sang, bis endlich die Glasthür des Rosenkönigs klang, und sie schnell zu einer entfernteren Stelle der Hecke lief, wo diese sehr niedrig war. Dort stand sie und lachte und winkte dem Rosenkönig.

Der freundliche Mann begrüßte sie mit vergnügtem Gesicht und reichte ihr die Hand über die Hecke. Dann standen die beiden dort längere Zeit und sprachen miteinander; ich konnte wegen der Entfernung nichts verstehen, nur den melodischen Klang ihrer Stimme vernahm ich. Dann nahm sie Abschied und ging dem Hause zu. Ich schaute der leichten Gestalt nach, so lange ich sie erblicken konnte, dann sah ich dem Rosenkönig nach, wie er friedlich und still durch seinen Garten schritt; dann ging ich an meine Arbeit zurück und betrachtete nachdenklich die Papiere und Bücher, die auf meinem Tische ausgebreitet waren; ich betrachtete sie mit einem gewissen Mitleiden, denn es fing in mir an zu dämmern, daß dies neue Objekt, das in den Kreis meiner Beobachtungen getreten war, mehr als alle anderen geeignet sei, der Beschäftigung mit diesen Dingen eine gefährliche Konkurrenz zu machen.

Sonntag den 21. Mai.

Trotz der angestrengtesten Beobachtungen habe ich meine Nachbarin in diesen Tagen nur flüchtig gesehen, wenn sie durch den Garten ging zu einer Laube, deren entsetzlich dichte Zweige nicht das geringste von ihr blicken lassen. Dort arbeitet sie gewiß, wie ich aus Büchern und Heften schloß, die sie trug. Heute aber, als ich von meinem Morgenspaziergange nach Hause kam, verwünschte ich mein unzeitiges Davonlaufen, denn gerade als ich aus dem Fenster sah, ging sie im Garten des Rosenkönigs an dessen Seite dem Hause zu. Sie blieben noch einmal bei einer Blume stehen, sprachen zusammen, und der Rosenkönig pflückte sie galant und überreichte sie mit einer Verbeugung. Dann gingen sie zusammen in das Haus, und ich stand da und hatte das Nachsehen. Aber an diesem Tage sollte ich doch noch Glück haben und zwar ein großes, denn es war mir vergönnt, die Bekanntschaft des Rosenkönigs zu machen. Das vermittelte die schwankende Rosenranke vor meinem Fenster.

Ich saß ganz vertieft bei meiner Arbeit, so daß ich sogar das Hinüberspähen zum Nachbargarten vergessen hatte; da ward mit einemmal ein Geräusch vor meinem Fenster, als würde eine Leiter angelegt, und es fing an, langsam und bedächtig hinaufzusteigen. Ich sah schnell hinaus und dem Rosenkönig gerade ins Gesicht, denn er stand neben meinem Fenster auf der Leiter und hatte seine Hand nach der widerspenstigen Rosenranke ausgestreckt, die schon so lange vor meinem Fenster geschwankt hatte.

»Guten Morgen,« sagte er, indem er über mein verlegenes Gesicht lächelte.

»Guten Morgen,« sagte ich und wollte mich schnell wieder zurückziehen, als der Rosenkönig fortfuhr: »Ich möchte die Rosenranke anbinden.«

»Bitte, lassen Sie sie frei,« bat ich nun, »ich habe mich so an sie gewöhnt, daß ich sie entbehren würde . . . nun bekommt sie auch schon Knospen . . . es wird hübsch sein, wenn mir die blühenden Rosen ins Fenster nicken.«

»Sie lieben die Rosen?« fragte er, und ließ die Ranke fahren, die er bereits ergriffen hatte. »Vor allen Blumen,« war meine Antwort.

Der Rosenkönig ließ einen Blick über seinen Garten gleiten, dann fragte er: »Möchten Sie meinen Garten wohl einmal ansehen? Es ist noch nicht seine Zeit, aber vielleicht macht es Ihnen doch Vergnügen.«

»Sehr gern,« war meine erfreute Antwort, und ich muß bekennen, daß in dem Augenblicke der Gedanke wie eine duftende Rose in mir aufblühte, auf diese Weise vielleicht meine schöne Nachbarin kennen zu lernen. Ich wollte mich anschicken, der Einladung sofort nachzukommen, aber der Rosenkönig rief mich zurück: »Machen Sie keine Umstände, lieber Herr . . .« »Walter, Heinrich Walter,« schob ich ein. »Machen Sie keine Umstände, lieber Herr Walter; mancher junge Mann ist schon auf der Leiter durchs Fenster zu einer Rose hinaufgestiegen, so können Sie auch einmal auf demselben Wege zu den Rosen hinuntersteigen.«

Damit war er hinabgeklettert, hatte die Leiter umgedreht und an mein Fenster gelegt. Während ich hinabstieg, spähte ich in den Nachbargarten hinüber, allein dort ließ sich niemand sehen.

Dann gingen wir durch den sonnebeschienenen Garten, und nun erst lernte ich alle seine Schönheit kennen und schätzen. Er war ein Kunstwerk in seiner Art. Nirgends drängte sich etwas störend vor, alles erschien an seinem Platze in vollendeter Harmonie, niemals war der Natur ein Zwang angethan, sondern alles schien von selber freudig hervorgewachsen in geregelter Schönheit. –

Wir sprachen mancherlei von Blumen und Bäumen. Der Rosenkönig pflückte im Vorübergehen hier ein gelbes Blatt weg, dort nahm er eine Raupe vom Zweig oder entfernte eine verwelkte Blüte. Sein alter Diener arbeitete in einem Steige; dem flüsterte er einige Worte ins Ohr, und wir begaben uns dann an das Ende des Gartens, wo wir uns in einer grünenden Rosenlaube niederließen.

Der Diener kam bald und brachte Wein und ein einfaches Frühstück und entfernte sich wieder, indem er mich mit einem sonderbar prüfenden Blick von oben bis unten maß und dann mit leisem Kopfschütteln fortging. Er war es jedenfalls nicht gewohnt, derartige Besuche bei seinem Herrn zu sehen.

Wir hatten aber beide wohl Behagen aneinander, denn der Rosenkönig schaute mich oft mit freundlichen Blicken an, und mir gefiel der alte Herr ganz ausnehmend, ebenso wie sein vortrefflicher Wein.

» Chateau la rose,« sagte ich, indem ich auf das Etikett der Flasche deutete. Er lächelte und antwortete: »Ist es nicht eine brave Rose von Duft und Farbe und blüht zu jeder Jahreszeit?«

»Möge es mir vergönnt sein,« erwiderte ich, »den Duft dieser Rose dem Wohle des Beherrschers aller Rosen, dem Rosenkönig, zu weihen!« Damit trank ich mein Glas aus.

»Kennen Sie diesen Namen auch schon?« fragte er vergnügt, »gewiß Herr Grund . . .«

»Natürlich, Herr Grund,« sagte ich schnell, »er hat mir sogar Ihre ganze Lebensgeschichte erzählt.«

»So . . .?« sagte der Rosenkönig gedehnt, sah mich mit einem eigentümlichen Seitenblick forschend an und versank einen Augenblick in Nachdenken.

Ich glaubte etwas Unpassendes gesagt zu haben und mühte mich verzweifelt, ein anderes Gesprächsthema einzuschlagen; es wollte mir aber nicht das geringste einfallen, wie es wohl in solchen Augenblicken zu geschehen pflegt.

Der Rosenkönig riß mich aus dieser Verlegenheit, indem er, aus seinem Nachdenken wieder auftauchend, das Gespräch auf andere Dinge lenkte.

»Wie wäre es,« sprach er am Schluß, »wenn wir gute Nachbarschaft miteinander hielten. - Ich habe wenig Umgang und sehne mich oft nach einem anregenden Gespräch über ernsthafte und nicht ernsthafte Dinge. Sie gefielen mir gleich und ich will wünschen, daß wir gute Freunde werden.«

Ich sprach meine äußerste Zufriedenheit über seinen Vorschlag aus und erzählte ihm nun von meinen Beobachtungen und dem Interesse, das ich von vornherein für ihn gehegt hatte.

Es war ein wunderschöner Morgen. Die Sonne flimmerte durch das Blattwerk auf das weiße Tischtuch, glühte in dem roten Wein und malte rosige Schatten auf den Tisch; im Gebüsch neben uns jubelte eine Nachtigall wie berauscht vom Dufte der Frühlingsblumen. Der Rosenkönig hörte, bald lächelnd, bald ernsthaft, auf meine Ergießungen und nickte freundlich mit seinem weißen, von Sonnenlichtern umspielten Haupte.

Dann machten wir noch einen Gang durch den Garten. Als wir an die Leiter kamen, verabschiedete ich mich und stieg wieder in mein stilles Zimmer hinauf. Fast oben angelangt, hörte ich ein fröhliches Lachen; ich schaute mich schnell um, sah eben noch das helle Kleid meiner schönen Nachbarin in ihrem Garten hinter dem Gebüsch verschwinden. Vergeblich lag ich auf der Lauer, sie erschien an diesem schönen Morgen nicht wieder. Auch der Rosenkönig und sein Diener waren ins Haus gegangen, und die Nachtigall, die kleinen zwitschernden Vögel und die Schmetterlinge hatten das Reich in den blühenden Gärten.

Sonntag den 28. Mai.

Ich muß bekennen, daß in dieser Zeit die gefürchtete Konkurrenz eintritt, die die Beobachtung meiner schönen Nachbarin auf meine Arbeit ausübt. Mein Fenster ist zum Observatorium geworden, von dem aus ich die Bahnen dieses einzig leuchtenden Sternes beobachte; es ist der Festungsturm, von dessen Zinne ich über das Verhalten meiner schönen Feindin wache, und heute bemerke ich mit einigen Gewissensbissen, daß sich wirklicher sichtbarer Staub auf meinen sonst alltäglich gebrauchten Büchern gesammelt hat.

Wenn ich mich nach langem Spähen überzeugt habe, daß kein Atom ihres Kleides in der Nähe zu bemerken ist, und ich mich endlich mit kräftigem Entschlusse an meinen Arbeitstisch wende, da schauen mich die Bücher und Hefte so langweilig und schweinsledern an, das Papier hat so eine nüchterne Weiße, die Tinte eine so nichtssagende Schwärze, und der Gedanke, mich mit diesen Dingen zu beschäftigen, so etwas Staubiges und Lähmendes, daß es mir Ueberwindung kostet, nur die Feder in die Hand zu nehmen. Ich versuche meine Gedanken zu sammeln, tauche die Feder ein und beginne zu schreiben. Ein paar Wörter ... ein beobachtender Blick durchs Fenster ... nun habe ich den Zusammenhang verloren. Ich strenge meine Gedanken an und will fortfahren zu arbeiten, da zuckt es mir in den Fingern, ihren Namen zu schreiben. Ich fange an, auf einem Blatt Papier höchst zierlich und künstlich den Namen »Marie« zu malen, denn diesen habe ich schon mit Schlauheit Herrn Grund abgelockt. Es gewährt mir eine gewisse Befriedigung, jedoch nicht lange; endlich komme ich zu dem Schluß, daß ich nicht zum Arbeiten aufgelegt sei, ergreife rasch meinen Hut und suche mein Heil in einem Spaziergange.

Doch auch hier finde ich keine Ruhe. Wo ich nur in der Ferne ein Band auf einem Mädchenhute flattern sehe – sie trägt so allerliebste braune Bänder –, pocht mir das Herz und ich muß mich überzeugen, ob sie es nicht wirklich ist; wo nur irgend ein weibliches Wesen durch Gang, Kleidung oder irgend etwas an sie erinnert, glaube ich sie zu sehen. Einmal ging eine Dame vor mir her, ganz wie sie gekleidet, es schien mir auch der Gang zu sein, und über den kurzen dunklen Locken flatterte das schmale braune Band, so daß ich meine Schritte beschleunigte, um sie einzuholen. Da blickte ich aber in ein so häßliches, ältliches, gelbliches Gesicht, daß ich für kurze Zeit von meinen Visionen geheilt war, aber nur für kurze Zeit. Einmal ist sie mir wirklich begegnet, dicht bei ihrem Hause, als ich gerade nachsinnend vor mich hin sah und an allerlei und gar nichts dachte. Aufschauend, begegnete ich flüchtig dem Blicke ihrer freundlichen braunen Augen, so daß ich vor Ueberraschung ganz rot wurde, und vorüber war sie.

Montag den 29. Mai.

Die ganze Geschichte kommt aber eigentlich davon, daß neulich Mädchengesellschaft beim Rosenkönig war, eine ordentliche richtige Mädchengesellschaft. Schon den ganzen Tag hatte ich eine eigentümliche Aufregung auf meinem Beobachtungsfelde bemerkt. Der alte Diener und seine Genossin hatten häufige Besprechungen mit dem Rosenkönig, und dieser selbst war in einer nicht gewöhnlichen Aufregung und schnitt schon am frühen Morgen mit einer Hartherzigkeit, die ich ihm gar nicht zugetraut hatte, Körbe voll seiner schönsten Blumen ab und trug sie ins Haus. Als er damit fertig schien und eben wieder geschäftig den Gartensteig an der Hecke herunterging, hörte ich plötzlich die liebliche Stimme, und meine schöne Nachbarin mit ihrer Mutter erschien im Nachbargarten. Es entstand ein Gespräch über die Hecke hinweg, über dessen Inhalt ich natürlich nicht zu berichten im stande bin. Der Rosenkönig hielt eine längere Rede, die, wie es mir schien, sehr herzlicher Natur war, indem er fortwährend die kleine Hand des jungen Mädchens in der seinigen hielt und sie sanft schüttelte. Jetzt – ich traute meinen Augen kaum – jetzt beugte sich Marie über die Hecke zum Rosenkönig, daß die braunen Locken ihr über das Gesicht fielen und sich mit seinem weißen Haar vermischten, und gab ihm einen Kuß; und ob ich es zugleich auch als eine Thorheit fühlte, so war ich doch in dem Augenblicke eifersüchtig auf den Mann, dem ein so süßes Geschenk zu teil wurde. Die alte Dame hatte freundlich lächelnd dabei gestanden und schien jetzt den Rosenkönig einzuladen, in den Garten zu kommen, denn er ging ins Haus, und bald darauf sah ich ihn zwischen den beiden Damen im Garten auf und nieder gehen.

Plötzlich klopfte es an meine Thür, und herein trat Herr Grund, aufgeräumt und lebhaft wie immer. Dergleichen Morgenbesuche pflegte er mir von Zeit zu Zeit zu machen, und ohne es zu wollen, wurde ich dann über alle städtischen und nachbarlichen Verhältnisse aufgeklärt. Die Gespräche des Herrn Grund fingen dem Inhalte nach piano an über das Wetter; dann pflegte er in einem langsamen Crescendo zu wichtigeren Sachen überzugehen, sich eine Zeit lang auf der Höhe des Forte zu halten und dann plötzlich abzuschnappen, indem ihm ein sehr wichtiges Geschäft einfiel, das nicht versäumt werden durfte.

»Vorzügliche Witterung! ganz vorzügliches Maiwetter! – Ich will Ihnen aber etwas sagen, Herr Walter, – es taugt nichts! Mai kühl und naß, füllt dem Bauer Scheuer und Faß! Altes Sprichwort – hat aber sein Wahres. Sie sollen sehen, wir bekommen einen kalten Sommer – gerade wie vor drei Jahren. Da war's ebenso: Vorzüglicher Mai, und nachher war es alle – rein alle. – Einheizen im Juni und dergleichen: denken Sie, was ich gesagt habe!«

»Wir wollen es nicht hoffen,« fügte ich ein.

»Ja!« sagte Herr Grund mit schlauer Miene, indem er die Achseln zuckte, als bedaure er sehr, den Gang der Natur nicht ändern zu können, »was kommt, das kommt!«

Unvermögend, diese unzweifelhafte, unumstößliche Wahrheit anzutasten, bestätigte ich lächelnd, daß daran nicht zu zweifeln sei.

»Nicht wahr, Herr Walter?« sagte Herr Grund, »das ist mein Spruch; ich bin so eine Art Philosoph und nehme alles, wie es kommt. Jeder muß sehen, wie er das Leben verdaut.«

Mir war eigentlich Herrn Grunds Gegenwart höchst fatal, denn er hinderte mich an meinen Beobachtungen. Ich sann eben nach über einen Auftrag, um ihn los zu werden, denn nichts konnte ihn mehr entzücken, als wenn man ihn mit etwas beauftragte, und dabei sich an seine größere Erfahrung und Einsicht wendete. Eine solche Angelegenheit ließ ihm dann keinen Augenblick Ruhe und brachte ihn sofort zum Verschwinden. Ich war noch zu keinem Resultat gekommen, da ward seine Aufmerksamkeit von seinen fortgesetzten Erörterungen über seine Lebensphilosophie durch ein helles, freudiges Mädchenlachen aus den Nebengarten gelenkt. Das liebliche

Kind hatte dem Rosenkönig einen Kranz von roten und weißen Rosen aufgesetzt und stand vor ihm, der gutmütig lächelte und sich von der kleinen Fee hin und her drehen und bewundern ließ.

»Haha!« sagte Herr Grund, »wissen Sie wohl, daß heute dort Geburtstag ist? Marie Werner, die kleine Hexe, wie sie mit dem Alten schäkert. Der Kranz ist gewiß von ihm, denn er hat wunderschöne Rosen in seinem Glashause, das ganze Jahr hindurch.«

»Die hat er mir ja gar nicht gezeigt,« fuhr ich heraus.

Herrn Grunds Augen vergrößerten sich vor Erstaunen, er sah mich starr an und rief dann: »Was! Mensch! . . . bitte tausendmal um Entschuldigung - Herr Walter, wollte ich sagen - Sie waren beim Rosenkönig!?«

»Nun warum denn nicht? Er lud mich ein, und da bin ich auf einer Leiter in den Garten gestiegen.«

»Einen Stuhl!« rief Herr Grund in komischem Entsetzen und sank in meinen Lehnstuhl. »Unerhört! - Auf einer Leiter - in den Garten gestiegen! Die Welt geht unter!«

»Kommen Sie zu sich, Herr Grund!« sagte ich lächelnd, »was ist denn so Wunderbares dabei?«

»Was, nicht wunderbar?« fragte er, als sei ihm eine persönliche Beleidigung geschehen, und setzte sich aufrecht hin, mich ansehend und seine Worte mit energischen Schlägen auf die Stuhllehne begleitend. »Wissen Sie wohl, daß der Rosenkönig, solange er hier wohnt, gar keinen Umgang hat, außer mit den beiden Damen nebenan, einigen Kindern in der Umgegend und mit mir, der ich ihm manchmal Ratschläge gebe in Geldangelegenheiten oder dergleichen - denn er gibt etwas auf meinen Rat« - hierbei sah Herr Grund sehr stolz aus -, »wissen Sie wohl, daß ich selber in dieser Zeit niemals in dem Garten gewesen bin, denn er hat mich nicht aufgefordert - und ich frage Sie, ob es nicht wunderbar ist?!« Dann sah er mich von oben bis unten prüfend an, als wollte er das an mir entdecken, was den Rosenkönig zu dieser unerhörten Ausnahme bewogen haben könne. Er schien es nicht finden zu können, denn von der Seltsamkeit dieser Geschichte scheinbar übermannt, rief er vor sich hin: »Donnerwetter!« lehnte sich energisch in den Stuhl zurück, drehte die Daumen übereinander und schien tief nachzudenken.

»Das muß ich doch gleich meiner Frau erzählen! Guten Morgen!« rief er plötzlich und wollte hinaus. Jetzt aber war mir daran gelegen, ihn zurückzuhalten, denn meine Neugier war rege gemacht und außerdem waren auch die Nachbarn ins Haus zurückgegangen.

»Bleiben Sie doch noch, Herr Grund!« rief ich und drückte ihn auf den Stuhl zurück, »und erzählen Sie mir, wie es kommt, daß unser Nachbar sich so von allem Umgang abschließt!«

»Weiß ich es?« antwortete er, »er findet am Ende kein Vergnügen daran – ich hielte es nicht aus, das ist gewiß!«

»Wohnen die Damen schon lange dort?« fragte ich, um Herrn Grund in ein Lieblingsgeleise zu bringen.

»Ja, sehen Sie, Herr Walter,« begann er, »der selige Medizinalrat Trautmann, der Vater von Marie Werners Mutter, wohnte schon dort, als ich geboren ward, und die Anna Trautmann ist in einem Alter mit dem Rosenkönig, vielleicht ein paar Jahre jünger. Es war einige Zeit vor der Verheiratung der Anna Trautmann mit dem Doktor Werner, als der Rosenkönig so plötzlich auf die Universität ging. Na, der Medizinalrat war damals ein alter Mann und der junge Doktor Werner setzte sich ganz warm in seine gute Praxis hinein, und da er ein tüchtiger Arzt und liebenswürdiger Mann war, so hatte er bald eben solche Beliebtheit erreicht, wie der Alte. Sie hatten lange keine Kinder, bis ihnen endlich die Marie geboren wurde. Der alte Großvater hat es noch erlebt, doch kurze Zeit darauf starb er, und als die Marie zehn Jahre alt war, starb auch der Doktor Werner. Drei Jahre später kam auch der Rosenkönig wieder und seit der Zeit, es sind jetzt sechs Jahre, habe ich niemals bemerkt, daß er mit jemand umgegangen wäre, außer mit den beiden Damen, oder mit meiner Wenigkeit, denn, wie schon gesagt, er gibt etwas auf meinen Rat!

»Ja –« sagte Herr Grund darauf gedehnt, nachdem er eine Zeit lang schweigend in den Garten geschaut hatte, »heute macht er aber eine Ausnahme, wie allemal an diesem Tage – heute ist Mädchengesellschaft bei ihm.«

Die Reihe zu staunen war jetzt an mir. »Aber, Herr Grund, Mädchengesellschaft beim Rosenkönig, das ist ja unglaublich nach allem, was Sie von ihm erzählt haben!«

»Unglaublich, aber wahr!« sagte Herr Grund mit einer Miene triumphierender Ueberlegenheit. »Warum auch nicht?« fuhr er geheimnisvoll fort, »das thut er alles der kleinen Marie Werner, deren Geburtstag ist, zuliebe, die kann mit ihm machen, was sie will. Glauben Sie mir, das wird noch einmal etwas, *es wird!* – denken Sie später daran, wenn es so weit kommt, daß ich gesagt habe, es wird!«

»Aber, Herr Grund,« rief ich lachend, »Sie sprechen in Hieroglyphen, was soll so weit kommen? Was wird?«

Herr Grund beugte sich mit geheimnisschwangerer Miene ganz zu mir herüber und mit gedämpfter Stimme, die kleinen, gutmütig schlauen Augen fest auf meine gerichtet, sprach er: »Der Rosenkönig und Marie Werner ... Verstehen Sie?«

»Sie meinen doch wohl keine Heirat?« fragte ich lachend, denn Herr Grund schien mir sehr auf falscher Fährte zu sein.

»Lachen Sie nicht, junger Mann! Es sind schon ganz andere Fälle vorgekommen. Der Rosenkönig ist trotz seiner weißen Haare ein Mann in seinen besten Jahren, zwischen vierzig und fünfzig, reich ist er auch, und Marie Werner hat nicht viel – er hat sie gern – sie hat ihn gern – denken Sie daran, daß ich gesagt habe – *es wird!*

»Doch ich sitze hier und sitze und habe noch so außerordentlich viel zu thun, was war es denn doch – hm – für die Fräulein Thomann einen Schinken zu besorgen – Herrn Florenz Bericht zu erstatten über das Haus, das er zu kaufen beabsichtigt – die Noten für die junge Frau Florenz – ich habe keinen Augenblick Zeit. Guten Morgen, Herr Walter. – Na, was meine Frau sagen wird – durch das Fenster auf einer Leiter – unerhört! – Guten Morgen!« –

Und die Gesellschaft fand wirklich statt. Ich hatte beschlossen, nicht zu Hause zu sein, um alles ungestörter beobachten zu können. Meine Vorhänge waren halb herniedergelassen und von meinen Blumen ein Lugaus gebaut, der mich verbarg, ohne mich am Sehen zu hindern.

Da dies sonst nur geschah, wenn ich ausgegangen war, so fühlte ich mich ziemlich sicher.

Es war ein wunderbarer Abend. Die Zeit der Fliederblüte war eben angebrochen und die Gärten lagen mit ihren violetten und weißen Blütengebüschen wie in einer Atmosphäre von Duft in der milden Abendsonne. Die Blätter rührten sich nicht, und in das selige Schweigen jubelte die Nachtigall zuweilen hinein. In der friedlichen Stille klangen lieblich die Stimmen und das silberne Lachen der Mädchen, die in ihren hellen Gewändern zwischen Blumen und Grün sich gar anmutig ausnahmen. Sie waren alle vom Rosenkönig mit Rosen geschmückt, die sie ins Haar geflochten hatten; Marie Werner aber trug einen Kranz von jenen blaßrosig angehauchten Rosen, die man »errötendes Mädchen« genannt hat. Sie war doch die schönste von allen, und wenn auch jene schlanke, majestätische Figur mit brünettem Teint, den dunklen, schwermütigen Augen und der gelben Rose im blauschwarzen Haar, oder jene niedliche, bewegliche Blonde mit einem Angesicht wie lauter Sonnenschein und einem herzerfrischenden, silbertönigen Lachen, ihr den Rang streitig zu machen suchten, so hafteten doch meine Augen nur auf der elastischen, sanft gerundeten Gestalt, die kindliche Anmut und jungfräuliche Würde so reizend in ihrem Wesen vereinigte. Den Rosenkönig mußte man sehen zwischen der Mädchenschar, wie sie ihm schmeichelten, und wie er sich verbeugte, mit dieser scherzte und sich mit jener neckte, wie er dann mit der Frau Werner behaglich im Garten auf und nieder wandelte, während die Mädchen in geschäftiger Hast eine lange Blumenguirlande wanden, mit der sie ihn ganz bewickelten, daß er mit flehenden Händen um Schonung bat. Wie er dann am Tische, der auf einem freien Platze zwischen blühenden Gebüschen gedeckt war, den Vorsitz führte zwischen Frau Werner und dem Geburtstagskinde und Reden hielt und Toaste ausbrachte, und wie sein Gesicht vor Vergnügen strahlte. – Doch auch dieser Abend nahm ein Ende und die Dämmerung lagerte sich zwischen den Büschen. Die fröhliche Gesellschaft brach auf, da es kühl ward, und zog sich in die Zimmer zurück. Verlassen lag der duftende Garten; die beiden alten Diener hantierten noch eine Weile am Tische, den sie abdeckten und hineintrugen, und dann war alles still. Der Mond stieg zwischen den Bäumen auf, und sein mildes Licht floß um die blühenden Büsche und senkte hier tiefen Schatten auf die Steige, während sie dort in hellem Licht lagen. Vom Hause des Rosenkönigs her tönte Musik und Gesang einer anmutigen Stimme.

Ich schaute auf den Steig hernieder; da lag eine weiße Rose – ich hatte gesehen, wie Marie sie verloren hatte.

Leise wie ein Dieb stieg ich aus meinem Fenster und kletterte vorsichtig an dem starken Rosenspalier hinunter. Mein Herz klopfte hörbar, wenn ich nach dem Hause herüber lauschte, ich fuhr bei jedem lauteren Geräusch, das ich verursachte, zusammen, allein ich erlangte glücklich meine Beute, die Rose, und erreichte damit unbemerkt mein sicheres Fenster.

Ich drückte meinen Schatz an die Lippen – und lange nachdem in des Rosenkönigs Haus alles still und stumm geworden war, lag ich noch im Fenster und schaute träumend hinaus in die schweigende Nacht.

Freitag den 2. Juni.

»Thorheit!« rief ich aus nach einem längeren Nachdenken, »Thorheit! Es ist ja ganz unmöglich.« Es war einige Tage nach dem Geburtstage und ich dachte über die geheimnisvollen Andeutungen des Herrn Grund nach, auf die ich eigentlich wenig Wert gelegt hatte, da ich wußte, daß dergleichen gewagte Kombinationen zu den Lieblingsunterhaltungen seines flüchtigen Geistes gehörten. Wenn ich mir das Verhalten des Rosenkönigs vergegenwärtige, seine väterliche Zärtlichkeit und sein trotzdem gemessenes Wesen dem jungen Mädchen gegenüber; wenn ich den Unterschied des Alters bedenke - dies graue Haupt und dieser dunkle, schelmische Lockenkopf - nein, das kann und will ich nicht glauben.

Seit dem Geburtstage bis heute ist aber schon eine kleine Zeit verflossen, und alle die Unruhe und Pein, die ich vorhin zu schildern versuchte, ist über mich gekommen und hat sich ganz meiner bemächtigt. Und dazu dieser Frühling, diese lachenden Tage, diese singende Welt, diese strahlenden Morgen, diese sonnigen Tage, diese seligen Abende. Soll Herrn Grunds Prophezeiung des kalten Juni eintreten, so muß es bald geschehen, denn er hat bereits angefangen und seine Tage überstrahlen noch den Mai an Pracht und Schönheit.

Mit dem Rosenkönig bin ich nun bekannter geworden und ich bringe manche Stunde bei ihm in seinem Garten zu. Doch alles Spähen in den Nachbargarten ist vergebens, denn wie ein dämonisches Geschick waltet es über mir, daß Marie niemals im Garten ist, wenn ich den Rosenkönig besuche. Nur einmal, als der Rosenkönig in der Nähe des Hauses beschäftigt war und ich nachdenklich an der Hecke des Nachbargartens entlang durch den Garten wanderte, hörte ich dort ein leises Geräusch, als wenn man Blätter eines Buches umschlägt; ich spähte durch eine Lücke der Hecke und erschrak fast, denn nahe vor mir auf einer Bank saß Marie, so eifrig in einem Buche lesend, daß sie mein Nahen auf dem weichen Sande des Steiges gar nicht vernommen hatte.

Es war ein liebliches Bild; die junge, helle Mädchengestalt in grünem Rahmen, die Wangen von der Erregung des Gelesenen leicht gerötet. Mit klopfendem Herzen, aus Furcht, sie möge aufschauen und den Lauscher bemerken, stand ich dort, kein Auge verwendend. Ich hätte viel darum gegeben, hätte ich den Titel des Buches gewußt, und zitterte fast, es möchte einer jener albernen Frauenromane sein, die den Geschmack an wahrer Dichtung und wahrer Poesie bei manchem jungen Mädchen so gründlich verderben. – Da wandte sie plötzlich das Buch etwas, und ich las den Titel auf dem Einband: »Uhland.« Fast hätte ich meiner Freude einen lauten Ausdruck gegeben – Uhland, mein Lieblingsdichter! Und sie saß dort mit freudig erregtem Ausdruck und las die klaren, einfältigen Verse dieses liebenswürdigsten aller deutschen Dichter. Denn Uhlands Dichtungen zeigen, wie keine anderen, eine wahre poetische Einfalt, frei von Künstelei und wucherndem Prunk, es ist die verklärte Sprache eines edlen, warmen, deutschen Herzens, und darum ist er auch ein Dichter des Volkes geworden, wie kein anderer.

Noch stand ich so im Anschauen verloren, da rief der Rosenkönig oben im Garten meinen Namen. Das junge Mädchen horchte auf, und da ich mich durch ein unwillkürliches Geräusch verriet, fielen plötzlich ihre Augen auf mich, und ich sah, wie sie erschrak und rot ward. Ich errötete ebenfalls, beschämt über meine Indiskretion, bis über die Ohren, und ohne mich zu entschuldigen, benutzte ich die Gelegenheit, einem zweiten Rufe des Rosenkönigs folgend, mich schleunigst auf den Rückzug zu begeben. In diesem Augenblick kam ich mir unaussprechlich jämmerlich vor und hatte eine so elende Empfindung, daß ich es kaum beschreiben kann. Aber dieses betrübte Gefühl ward doch zuweilen ganz wonnig durchleuchtet von Strahlen eines stillen Glückes, so daß es in meinem Gemüte aussah wie Regen und Sonnenschein.

Montag den 12. Juni.

Sonnenschein und Regen; gestern war es noch heller Sonnenschein, nur zuweilen fuhren Wolkenschatten daher, und am Abend ging die Sonne in einem majestätisch aufgetürmten Gebirge von Wolken unter. Heute rieselte der Regen eben und gleichmäßig vom Himmel; Blumen, Bäume und Sträucher hielten dankbar und still ihre Blätter hin und tranken. Am Vormittage kam der alte Diener des Rosenkönigs und brachte mir eine Einladung zum Mittagessen. Ich war froh darüber, denn ich war noch nie in seinem Hause gewesen und freute mich darauf, den mir so lieb gewordenen Mann in seiner Häuslichkeit kennen zu lernen. Da ich gebeten war, möglichst früh zu kommen, so beeilte ich mich mit meinen Arbeiten, von denen mich heute kein notwendiges Spionieren, wohl aber eine innere Unruhe abzuziehen suchte, und ging um zwölf Uhr, eine Stunde vor der gewöhnlichen Tischzeit des Rosenkönigs, zu ihm.

Ich hatte mir seine Häuslichkeit eigentlich anders vorgestellt. Ich fand ihn an seinem Schreibtische sitzend, in einem altertümlichen Zimmer mit Möbeln im Geschmack des vorigen Jahrhunderts. An den Wänden standen alte Bücherschränke und eigentlich war das Zimmer etwas überfüllt, obgleich es doch einen behaglichen Eindruck machte. In einer Ecke zwischen einem Fenster mit Vorhängen von bunten chinesischen Mustern und einem alten Sekretär mit zierlich eingelegter Arbeit leuchtete, seltsam sich abhebend von den ihn umgebenden Rokokodingen, aus grünen Pflanzen ein schöner Gipsabguß des Apoll von Belvedere hervor. Nach der ersten Begrüßung fiel ihm wohl der musternde Blick auf, mit dem ich dies alles betrachtete, denn er sprach lächelnd: »Sie sehen mich hier unter alten Dingen, die von einer vergessenen Zeit reden. Mir sind sie wert durch Erinnerungen, es sind alte Familienerbstücke; ich fühle mich wohl in dieser Gesellschaft, denn sie weiß mich in manchen Stunden schweigend zu unterhalten.«

»Es liegt,« antwortete ich, »auch eine eigentümliche Poesie in diesen Ueberbleibseln einer uns zeitlich noch so nahe, geistig doch schon so ungemein fern liegenden Zeit. Sie mahnen uns wie Geschichten, die die Großmutter erzählt; diese wunderlichen, geschnitzten, schnörkelhaften und gedrehten Dinge haben in ihrer Willkürlichkeit etwas von dem geheimnisvollen Reiz des Märchens. Man sucht diesen abenteuerlichen Fratzen, diesen eingelegten bunten Blumen und Vögeln einen Sinn, eine Deutung unterzulegen, und je weniger es gelingt, je mehr wird die Phantasie angeregt. Darin liegt wohl der Hauptreiz, während schöne, sinnvolle, von antikem Geiste erfüllte Formen dem Gemüt eine heitere Ruhe geben.«

»Ich muß schließen,« sprach der Rosenkönig, »daß Sie sich mit solchen Dingen beschäftigen, denn Sie scheinen darüber nachgedacht zu haben. Merkwürdigerweise haben wir noch nie über dergleichen miteinander gesprochen.«

»Es ist mein Studium,« war meine Antwort, »und ich fühle mich glücklich dabei. Schon von Kind auf waren es Bilder und Bildwerke, die mich am meisten anzogen; es stand fest bei mir, daß auch ich ein Künstler werden wollte, der dereinst so Herrliches zu schaffen vermöge; allein in späteren Jahren stellte sich heraus, daß die Hand dem Fluge der Gedanken nicht zu folgen vermöge, daß ich wohl die Lust, aber nicht den Beruf zu einem Künstler hatte; ich erwählte daher die liebevolle Beschäftigung mit den Werken anderer zu meinem Berufe, und es ist mein höchstes Glück, das Ringen des Menschengeistes nach der Schönheit und die Art, wie er seine Ideale zu verwirklichen strebte, durch den Lauf der Zeiten zu verfolgen.«

»Preisen Sie sich glücklich,« sagte der Rosenkönig, »daß es so ist, es gibt kein unglücklicheres Leben, als das in einem verfehlten Berufe; nur wenn der Mensch in seinem Berufe aufgeht und in die vollendete Erfüllung dessen sein höchstes Streben setzt, kann eine wahre Befriedigung über ihn kommen. – Doch der Regen scheint sich zu verziehen, vielleicht können wir noch den Nachmittag im Garten zubringen,« setzte er hinzu, nach einem Blick durchs Fenster. »Heute nach diesem warmen Regen werden die ersten Rosen aufgebrochen sein.«

Wir plauderten noch mancherlei zusammen, bis wir uns in einem anderen Zimmer mit ebenfalls alten Möbeln, geschnitzten Stühlen und einem vom Alter schwarzbraunen Büffett mit wunderlichen gedrehten Säulchen, Faunen und Hirschköpfen, zu Tisch setzten. Dieser bot eine ganze Auswahl von alten merkwürdigen Gläsern mit eingeschliffenen Bildern und bunten Arabesken, kein Weinglas moderner Form war darauf zu erblicken.

»Ich liebe nicht das Uniforme,« sagte der Rosenkönig, »und besonders, wenn ich Gäste habe, muß eine ganze Auswahl von Gläsern da stehen, damit jeder sich das aussuchen könne, aus dem es ihm am besten mundet. Denn das ist kein leerer Wahn – Wein aus Porzellantassen zu trinken, ist zum Beispiel ein greulicher Gedanke – bei keinen Dingen spielt die Einbildungskraft eine so große Rolle, als beim Essen und Trinken.«

Wir aßen gut und tranken vortrefflichen Rheinwein, und der alte Diener bediente uns schweigend dabei mit der ihm eigenen Würde.

Der Rosenkönig hatte mich gebeten, den Nachmittag bei ihm zu bleiben, ihm jedoch nicht übel zu nehmen, wenn er nach Tisch sein gewohntes Schläfchen hielte. Darum überreichte er mir nach dem Essen eine Mappe mit alten Kupferstichen und Holzschnitten, die er so beiläufig gesammelt hatte, und ließ mich eine Stunde damit allein.

Unterdessen klärte es sich draußen auf, die Sonne brach hervor und sandte ihre Strahlen flimmernd über die nasse Welt. Ich saß gerade ganz vertieft in die Betrachtung eines jener merkwürdigen Callotschen Kupferstiche, auf denen die Figuren so klein sind, daß man fast einer Lupe bedarf, – da hörte ich draußen leichte Schritte, es klopfte an die Thür, und herein trat Marie ganz unerwartet. Ich, aus meinen Gedanken aufgeschreckt und mich verlegen erhebend, mag einen komischen Anblick dargeboten haben; auch sie war verwirrt, und da mir in dem Augenblicke das letzte Erlebnis einfiel, wo ich sie belauscht hatte, errötete ich noch mehr. Wir wurden alle beide feuerrot und keines fand im Augenblick Worte, um die Situation zu enden. Sie faßte sich zuerst wieder und sprach: »Herr Born – ist er nicht hier?«

»Er schläft noch, ich werde ihn rufen!« entgegnete ich schnell, froh, eine Gelegenheit zu finden, meine Verlegenheit dahinter zu verbergen.

»Ach nein,« fiel sie mir schnell ins Wort, »stören Sie ihn nicht, ich wußte auch nicht, daß er Besuch hat, sonst wäre ich gar nicht gekommen – wollen Sie nur die Freundlichkeit haben und ihm sagen, ich sei hier gewesen.« Damit wollte sich das schöne Mädchen wieder entfernen, und mir Unglücklichem zitterte schon das Herz, daß es geschehen möge; ich verzweifelte fast, daß ich so dumm dastand und nichts zu thun vermochte, um sie zurückzuhalten. – Da erschien, ein Retter, der Rosenkönig in der Thür, und nun war alles gut. Sie blieb, wir wurden einander vorgestellt und dann gingen wir drei in den Garten.

Von welcher Schönheit und Klarheit war dieser wunderbare Nachmittag umflossen. Wie glänzte die Sonne auf den Bäumen und funkelte in den gleitenden Tropfen, wie umleuchtete sie ihre helle Gestalt und hob den eigentümlichen Goldglanz ihres braunen Lockenhaares hervor. Ich ging verzaubert nebenher, und wir sprachen alle drei nicht viel, bis dann der Rosenkönig an einem Lieblingsrosenstrauch stillstand und uns einen Zweig mit eben aufgebrochenen Rosen entgegenneigte.

»So ein Regen thut Wunder,« sprach er, »gestern waren sie noch fest geschlossen.«

»Wie sie so schön aussehen in ihrer grünen Haube,« meinte Marie.

»Wie kleine rosige Mädchengesichter, – wie du, wenn du deinen grünen Hut auf hast,« sprach lächelnd der Rosenkönig.

Wir gingen weiter, aber bald blieb der Rosenkönig zurück, weil er sich mit den Blumen allenthalben zu schaffen machte, und wir beide gingen allein weiter. Als wir um eine Gebüschecke gebogen waren, daß der Rosenkönig uns aus dem Gesichte gekommen war, fragte Marie mich plötzlich in geheimnisvollem Tone: »Wissen Sie, wann Onkel Borns Geburtstag ist?«

»Nein,« antwortete ich, »aber ist er denn Ihr Onkel?«

»Das gerade nicht,« sprach sie lächelnd, »diese Bezeichnung stammt noch aus meiner Kinderzeit, wo jeder ältere Freund der Familie Onkel genannt wird – doch der Geburtstag – er fällt gerade mitten in die schönste Rosenzeit, auf den fünfundzwanzigsten Juni, und Sie müssen mit dazu helfen, daß er recht schön gefeiert wird.«

»Gewiß, von Herzen gern,« sagte ich freudig über das Vertrauen, »sagen Sie mir nur, was ich thun soll.«

»Ja, wenn ich das wüßte!« rief sie lachend, »Sie sollen eben auch mit nachdenken helfen.« Dann teilte sie mir ihre Pläne mit, ich gab meine Meinungen dazu ab, und wir kamen so in Eifer dabei, daß wir kaum noch zur rechten Zeit schwiegen, als wir wieder in die Nähe des Rosenkönigs kamen.

»Ei, ei,« sagte er, »welche lebhafte Unterhaltung!«

»Geheimnisse,« antwortete Marie schelmisch, »sehr wichtige Geheimnisse, wovon Onkel Born nicht das geringste wissen darf.«

Er lächelte vergnügt vor sich hin, denn er schien die Natur dieser Geheimnisse zu ahnen.

»O, etwas muß ich Ihnen doch zeigen!« rief Marie plötzlich, »– ob die Tierchen auch wohl vom Regen naß geworden sind?«

Damit eilte sie voran auf ein Gebüsch zu, aus dem bei ihrer Annäherung ein Vogel herausflog.

»Das ist der Alte,« rief sie, »der hat sie gewiß mit den Flügeln geschützt.«

Damit bog sie leise und vorsichtig die Zweige auseinander und schaute hinein und sprach, indem sie sich freudig nach mir umsah: »Sehen Sie, wie niedlich!«

Es war da ein Hänflingsnest mit vier noch ziemlich nackten Jungen, die, als sie die Bewegung der Zweige merkten, die großen Schnäbel aufsperrten und mit leisem Zirpen die Hälse verlangend hin und her bewegten.

Wir schauten beide hinein und ihre lockigen Haare streiften meine Wange, ich war ganz erfüllt von dem Zauber ihrer Nähe.

»So ein kleines rundes Nest voll warmen Lebens,« sagte sie.

»Eigentlich sind die Tierchen doch noch recht häßlich, sie sind so nackt und haben so dicke Augen,« meinte ich.

»Ja,« antwortete sie, »das wohl - aber sie sind doch so niedlich.«

Dann ließ sie leise die Zweige sich schließen und wir traten beide zurück. Dabei trat sie mit dem Fuß auf den Rand des Rasens und glitt etwas aus, so daß ich auf einen Augenblick den sanften Druck der anmutigen Gestalt gegen meinen Arm fühlte. Infolgedessen trafen sich zufällig unsere Augen auf einen Moment, dann sahen wir beide nach der anderen Richtung, sie pflückte im Weitergehen eine Blume und schaute angelegentlich in ihren Kelch; ich wußte eigentlich gar nicht, wie mir war, ich hatte eine unbestimmte Vorstellung von Glanz und Sonnenschein und Vogelgesang um mich her, und daß die Welt wunderschön sei, wie sie noch nie gewesen.

Sonnabend den 24. Juni.

Morgen ist des Rosenkönigs Geburtstag. Marie und ich haben noch einige Besprechungen durch die Heckenlücke gehabt; dabei habe ich auch ihre Mutter, eine noch schöne, ruhigklare Frau kennen gelernt. Heute abend sah ich von meinem Fenster aus Marie und ihre Mutter in ihrem Garten in voller Arbeit, Kränze und Guirlanden zu winden. Marie zeigte scherzend die fertigen Teile zu mir herüber und deutete pantomimisch ihren Fleiß an. Ich ließ dagegen ein Geburtstagsgedicht von drei Ellen Länge, an dem ich den ganzen Tag im Schweiße meines Angesichtes gearbeitet und es dann auf einen so langen Zettel geschrieben hatte, aus dem Fenster hängen. Als ich ihr mit gedämpfter Stimme zurief: »Verse!« schien es ihr zu imponieren, und sie lachte, schlug die Hände zusammen und rief: »Das ist schön, das ist schön!«

»Wenn die Verse es nur wären!« gab ich zur Antwort.

»Die Länge muß es thun!« rief sie zurück und lachte.

»Ich werde es ihm nach Tisch als Schlummerlied vorlesen!« meinte ich.

Ich erhielt keine Antwort, denn der Rosenkönig kam aus dem Hause und ging langsam den Gartenweg hinab. Die Damen zogen sich in die dichte Laube zurück und verhielten sich mäuschenstill – sie thaten, als ob sie gar nicht da wären.

Dienstag den 27. Juni.

Wie oft schaue ich hinaus auf die Rosenpracht des Gartens. Wenn ich den Blick von meiner Arbeit erhebe, so fällt er zuerst auf den blühenden, sich leise wiegenden Zweig vor meinem Fenster und dann in den Garten, der förmlich von Rosen glüht und wie in einer Atmosphäre von Rosenduft daliegt. Mir ist manchmal, als schwebe dieser Duft sichtbarlich wie ein rosenroter Nebel darüber.

In gleichem rosenroten Lichte liegt in meiner Erinnerung ein Tag, der Geburtstag des Rosenkönigs; immer wieder kehren meine Gedanken zu jenen schönen Stunden zurück, wo das Gefühl eines reinen Glückes mich so ganz erfüllte, wo mir vergönnt war, das Schöne des Lebens in seiner ungetrübten Reinheit zu kosten. Pünktlich um sechs Uhr erschien auch an diesem Tage der Rosenkönig in seinem Garten, um den ersten Rundgang bei seinen in voller Pracht erblühten Rosen zu machen. Sobald er sich in seinem Garten befand, wurden wir, Marie, ihre Mutter und ich, von dem alten Diener in das Haus eingelassen, und nun begannen wir unser Werk, während wir den Diener als Vorposten aufstellten mit dem Auftrag, den Feind, das heißt seinen Herrn, sollte er uns mit einer Annäherung bedrohen, auf irgend eine Weise so lange hinzuhalten, bis wir die genügenden Vorbereitungen für seinen Empfang getroffen hätten. Während Marie und ich mit Eifer unter Scherzen und großer Fröhlichkeit mit Blumen und Guirlanden hantierten und große Wirkungen damit hervorbrachten, ordnete die Mutter den Geburtstagstisch mit einem wahren Ungeheuer von Baumkuchen, der von oben bis unten mit einer Guirlande von kleinen Röschen umwunden war, und einigen Kleinigkeiten, die sie und Marie dem Rosenkönig gearbeitet hatten; auch hier thaten die Blumen die Hauptwirkung.

Unsere Vorbereitungen näherten sich dem Ende, da kamen mehrere Kinder aus der Nachbarschaft, die mit dem Rosenkönig eine Gartenmauerfreundschaft unterhielten, die von seiner Seite durch häufige Spenden von Früchten des Tages befestigt und aufrecht erhalten wurde. Marie ging mit ihnen in ein Nebenzimmer, denn mit diesen Kindern hatte sie, wie sie mir unter schelmischem Lachen schon früher versichert hatte, ihre besonderen geheimnisvollen Pläne vor. Bald war alles geordnet, oder wie Herr Grund zu sagen liebte, »in der gehörigen Konfusion«; aus dem Nebenzimmer hörte man zuweilen das lustige Lachen der Kinder, da steckte der Diener den Kopf in die Thür und rief: »Er kommt! – geht es schon?«

Marie hatte es gehört und sagte, indem sie wieder eintrat: »Meinetwegen kann er nun kommen.«

Wir ergriffen nun eine bereit liegende Guirlande und stellten uns, dieselbe hochhaltend, an beiden Seiten der Thür wie eine lebendige Ehrenpforte auf, während die Mutter mit vergnügtem Lächeln zur Seite auf einem Stuhle Platz nahm.

Als der Rosenkönig eintrat, ging eine freudige Verwunderung über seine Züge, wir ergriffen seine Hände, die Mutter trat auch hinzu und er stand eine Weile dankend und fröhlichen Antlitzes zwischen uns dreien. Dann eilte Marie schnell fort, öffnete den Flügel und begann den Hochzeitsmarsch aus dem »Sommernachtstraum« zu spielen. Mit einemmal öffnete sich die Thür, wo die Kinder sich befanden, und heraus traten sie in feierlicher Prozession. Voran ging der größte Knabe, das kleinste der Kinder, ein blondköpfiges dreijähriges Mädchen, vor sich auf dem Arme tragend. Dieses war ganz in einen Blumenstrauß eingebunden, dessen mittelste Blume es gleichsam bildete; nur der blondgelockte fröhliche Kinderkopf und die kleinen runden Arme schauten aus Päonien und grünen Blättern hervor. Unten um Blumenstengel und Beinchen war ein rosenrotes Band gewunden mit einer großen Schleife, nur die Füße waren frei gelassen. Die anderen Kinder, an einer Guirlande gleichsam wie Perlen aufgereiht, trugen in den freien Händen wie Schwerter lange spitze Blumensträuße. Sie marschierten einmal um den Tisch, umringten dann den Rosenkönig, während der älteste Knabe sein Riesenbouquet überreichte, und sangen unter dem Schwenken der Sträuße nach der Melodie »Wir winden dir den Jungfernkranz«:

»Wir bringen dir den Blumenstrauß –
Das Röschen thut ihn zieren –
Sie streckt nach dir die Arme aus
Und will dir gratulieren! –
Lieber, guter, lieber Onkel Born, lebe hoch, juchhe!
Lieber, guter, lieber Onkel Born, lebe hoch!«

Der Rosenkönig lachte vergnügt: »Na, Kinder, das habt ihr gut gemacht! – Aber diese kleine Rose hier in meinem Blumenstrauß wird mir zu schwer,« und damit setzte er das Kind in seiner Blumenhülle auf den Tisch.

»Nun, Röschen,« sprach er dann, »muß ich euch wohl in ein Wasserglas setzen, damit ihr mir nicht vertrocknet?«

Das Kind hatte unverwandt den Kuchen angesehen, auf diese Anfrage neigte es den Kopf auf die Seite, den Rosenkönig verschämt ansehend: »Kuchen,« war die lakonische Antwort.

Wir lachten alle. »Jawohl, Kuchen!« versetzte er dann vergnügt, »der ist dir auch dienlicher als kaltes Wasser.«

Dann ward Röschen ausgewickelt und auf die Erde gesetzt, und dann gab es Kuchen. Es war gut, daß für diese Fälle eine Reserve bereit gehalten war, sonst hätte der festliche Baumkuchen schon am Morgen einen ansehnlichen Teil seiner majestätischen Höhe eingebüßt.

Das war der erste Teil des Festes. Nach einem solennen Kaffee zogen sich alle Festteilnehmer in ihre Behausungen zurück, um am Mittage sich teilweise wiederum am Festorte zu versammeln, da wir mit Ausnahme der Kinder zu einem festlichen Mittagessen eingeladen waren.

Es waren nur wenige Teilnehmer, nur vier, aber eine große Fröhlichkeit. Der Rosenkönig hielt eine schöne Rede, bei der man gar nicht wußte, worauf er hinaus wollte; schließlich ließ er ganz meuchlings Mariens Mutter leben. Dann hielt ich eine, die bei den alten Aegyptern anfing und alle bedeutenden Könige von der Zeit der Pharaonen bis auf die Jetztzeit aufzählte und schließlich den Rosenkönig, den Beherrscher aller Rosen, als den vortrefflichsten, hochleben ließ.

Nach Tisch, als er sich anschickte, seine gewohnte Nachmittagsruhe zu halten, überreichte ich ihm als ein schönes Schlafmittel mein langes Gedicht, das er mit komischem Entsetzen übernahm, zugleich das verwegene Versprechen gebend, es vor dem Einschlafen noch durchlesen zu wollen.

Wir waren in das Wohnzimmer zurückgekehrt; in ein kleines Zimmer nebenan, dessen Thür angelehnt war, hatte sich der Rosenkönig begeben, und Frau Werner war in ihre Wohnung gegangen; so war ich denn mit Marie allein in dem behaglichen Zimmer. Die Nachmittagssonne fiel in breiten Lichtern, in denen die Sonnenstäubchen flimmerten, durch die Blumenfenster hinein und ließ die messingenen Zieraten und die bunte eingelegte Arbeit an den alten Schränken erglänzen; es war eine recht wohlbehagliche und festliche Stille in dem blumendurchdufteten Raume.

»Kennen Sie schon Onkel Borns Blumenbuch?« fragte Marie mich, »das müssen wir einmal zusammen besehen.« Damit holte sie eine ziemlich große, sauber gebundene Mappe herbei und legte sie auf den mit Zeitschriften und litterarischen Neuigkeiten bedeckten Tisch in der Nähe des Fensters. Wir setzten uns nebeneinander, und nun ward die Mappe ausgeschlagen. Das Titelblatt war ganz einfach. In großen schönen gotischen Lettern stand dort »Blumenbuch«. Durch die Buchstaben rankte ein Rosenzweig mit vielen Blüten in verschiedenem Zustande der Entwickelung. Das folgende Blatt stellte einen Blumenstrauß von Feldblumen dar in einem altertümlichen schönen Kelchglase.

»Das sind ja lauter Knospen,« sagte ich.

»Das ist auch ganz richtig,« antwortete Marie, »denn Onkel Born sagt, dies Buch enthalte seine ganze Lebensgeschichte. Dies hier ist, wie er ganz klein war und noch in der Wiege lag – es kommt mir immer so lustig vor, daß er einmal ein so ganz kleines Kind gewesen ist, und hat nun so weiße Haare.« Dabei sah sie mich fröhlich mit ihren lachenden Augen an. Dann zeigte sie mir alle einzelnen Blumen, und ich fragte, ob der Rosenkönig dies alles selber gemalt habe, denn ich bewunderte die künstlerische, saubere Ausführung des Dargestellten.

»Ja, gewiß,« antwortete sie, »ach, das glauben Sie gar nicht, wie lange das dauert, bis so ein Blatt fertig wird, manchmal ein halbes Jahr, so sorgfältig arbeitet er daran.«

Das nächste Blatt fand schon an mir einen Erklärer: »Nun haben Sie mir den Schlüssel gegeben,« sagte ich, »nun will ich dieses Blumenstück deuten. Dies sind die Knabenjahre, dort ist ein Weidenzweig mit blühenden Kätzchen, hier ein blühender Holunder – die feine weiße Blütendolde ist köstlich gemalt – hier Knallschoten; es sind alle die Sträucher, die das Knabenspielzeug liefern, und darüber die flatternden Schmetterlinge, und hier der Käfer mit den langen gebogenen Fühlhörnern und den metallisch glänzenden Flügeldecken . . .«

»Den kenne ich auch!« rief Marie, »der schnirkst immer so, wenn man ihn anfaßt!«

» Aromia moschata,« sagte ich.

»Ach, sind Sie aber gelehrt! – Sie wissen wohl alles?« – Dabei machte sie aber ein so schalkhaft ernstes Gesicht, daß ich lachen mußte.

Es kamen noch einige Blätter, die das Knabenalter bezeichneten, Fichtenzweige und Ginsterstrauch; ein Dornenzweig mit einem Vogelnest darin, Feldblumen und anderes. Zuweilen schweifte mein Blick von den bemalten Blättern auf das viel schönere Mädchen, das mir zur Seite saß, so nahe, daß ich zuweilen ihre Schulter berührte und ihr lockiges Haar mein Gesicht streifte, wenn wir uns näher über die Bilder beugten, so daß ich zuweilen, ganz befangen von dem beseligenden Gefühle ihrer Nähe, weiter nichts sah als ein buntes Gemisch von Farben, neben dem ihre weiße Hand auf dem

Papiere lag. Es war eine wunderbare Hand - sie war nicht klein, aber schön, was viel seltener ist. Und wenn wir dann auf das deuteten, was uns besonders gefiel, dann streiften sich unsere Hände, und einmal blieben sie dicht nebeneinander in leiser Berührung liegen, aber nur kurze Zeit, und dann schlugen wir ein neues Blatt um. Es war nur eine sehr schöne, mit besonderer Sorgfalt gemalte rote Rose darauf. »Ich weiß nicht, was diese Rose bedeuten soll,« sagte Marie, »ich habe Onkel Born schon gefragt, aber der sagt es mir nicht.«

»Ich weiß es,« meinte ich; »nun kommt die Zeit des Jünglingsalters, und dies ist seine erste Liebe.«

»Ach,« sagte sie und sah ganz verwundert aus. »Daran habe ich noch nie gedacht.« Dann sah sie die Rose eine kleine Weile wie in Gedanken verloren an und sprach: »Ich glaube es auch - die ist gewiß sehr schön gewesen?«

Das nächste Blatt war uns unverständlich; es war wieder eine ähnliche rote Rose, zusammengebunden mit einem Eichenzweig, während daneben ein Büschel Lindenblüten stand. Dann kam ein sehr buntes Blatt mit einem mächtigen Blumenstrauß, der durch ein breites rotes Band zusammengehalten wurde. Da war Rittersporn und Klatschmohn und Kletterrosen, Hyazinthen, Tulpen und Narzissen, eine ganze prunkende Gesellschaft. Danach fiel das nächste Blatt um so mehr auf, auf dem ein einzelnes, sehr fein gemaltes Vergißmeinnicht zu sehen war. Dann kamen bald Rosen und nur Rosen von allen Farben und Arten, auf vielen Blättern dargestellt, und mitten darunter ein Moosrosenzweig mit einer eben abgebrochenen Knospe; darunter stand mit zierlichen Schriftzügen: »Marie.«

»Das sind Sie!« rief ich.

Sie sah das Blatt verwundert an und ein leises Erröten ging über ihr Gesicht, so daß sie der Rose nur noch ähnlicher ward; »das kenne ich noch gar nicht,« sagte sie leise.

Wie war sie schön, als sie so dasaß. Sie trug ein mattgelbes Sommerkleid mit einer kleinen Krause und einem roten Bändchen am Halse, was zu ihrem braunen Haar einen anmutigen Gegensatz bildete.

Ihre Hand war vom Tische niedergeglitten und ruhte auf dem Stuhl dicht neben der meinen. Und ich weiß nicht, wie es so kam, daß die beiden Hände, die schon den ganzen Nachmittag viel Zuneigung zu einander gehabt hatten, sich ganz leise berührten. Und wir besahen die Rosenbilder und sprachen von allerlei Dingen, und die Sonne schien so friedlich in das Zimmer, die Fliegen summten umher und leise tickte die alte Uhr über dem Kamin; es war so still und nachmittäglich, wie es eben nur an einem Sommernachmittage sein kann. Und unsere Hände fügten sich immer näher ineinander, ihre schlanken Finger lagen in den meinen und ich fühlte ihre Schulter leicht an der meinen ruhen, so daß ich ihre sanften Atemzüge spürte. Aber wir sahen uns nicht an, wir sahen nur auf die Blätter vor uns und sprachen von gleichgültigen Dingen und saßen doch da Hand in Hand, – aber wir thaten, als merkten wir es nicht.

Dann hörten wir den Rosenkönig im Nebenzimmer gehen, unsere Hände lösten sich leise auseinander und wir schlugen ein neues Blatt um. Der Rosenkönig trat in die Thür: »Nun, Kinder, ist euch die Zeit auch lang geworden?« sprach er, »ich habe heute etwas länger geschlafen.«

»Das macht wohl das Gedicht?« meinte ich.

»O nein,« sagte er, »wenn man so zum erstenmal in seinem Leben angesungen wird, wie es mir heute geschehen ist, so bringt es nur angenehme Wirkungen hervor.«

Dann sprachen wir von den Bildern.

Mittwoch den 28. Juni.

Nach einiger Zeit kam Frau Werner ebenfalls aus ihrer Wohnung zurück, und wir gingen auf die rosenumrankte Veranda vor der Gartenthür, um Kaffee zu trinken. Als wir dort so behaglich im Schatten saßen und der leise Sommerwind den Blumenduft aus dem sonnigen Garten herwehte, wo die Schmetterlinge, wie berauscht, um die Rosen flatterten, und es so still war, daß man fast das Schlagen ihrer Flügel hören konnte, sprach der Rosenkönig: »Es liegt ein eigener Zauber darin, an so einem sonnigen Nachmittage im behaglichen Schatten zu sitzen, von lieben Menschen umgeben; aber vollständig wird der Genuß erst, wenn Musik dabei ist; Marie willst du uns nicht ein Lied singen?«

Das Klavier stand nahe an den geöffneten Flügelthüren, ich saß gerade so, daß ich es sehen konnte.

Ich hatte Marie noch nie singen hören und war überrascht durch den anmutigen Klang ihrer Stimme, als sie begann:

»Vom Berg zum Thal das Waldhorn klang,
Im blühenden Thal das Mägdlein sang.
Von der Rose, der Rose im Thal!

Der Jäger hörte des Mägdleins Sang,
Sein Waldhorn bei dem Lied verklang:
Von der Rose, der Rose im Thal!

Der Jäger dort oben lauschte so bang,
Als leise das Lied im Thal verklang:
Von der Rose, der Rose im Thal!

Er zog gar stille die Berge entlang,
Und immer im Ohr das Lied ihm klang:
Von der Rose, der Rose im Thal!«

Der Jäger bin ich, seit ich dies Lied gehört habe, denn immer und immer summt mir seit der Zeit der Kehrreim durch den Sinn: »Von der Rose, der Rose im Thal,« und ihre leichte Gestalt in dem hellen Sommerkleide steht mir vor Augen. Sie hatte keine sehr schöne Stimme, sie war etwas verschleiert, aber anmutig und lieblich und wie geschaffen zum Vortrag von einfachen Liedern.

»Nun singe mir mein Lieblingslied: Aennchen von Tharau,« sagte der Rosenkönig, und dabei schaute er lächelnd Frau Werner an, die ebenfalls lächelte und ein klein wenig errötete, was ihrem noch immer anmutigen Gesichte einen eigentümlichen Reiz verlieh. Und Marie begann: »Aennchen von Tharau ist's, die mir gefällt!«

»Wo ist doch diese Melodie hergekommen?« sagte der Rosenkönig, als sie geendet hatte, »es ist doch gar nicht denkbar, daß dies Lied eine andere Weise haben könne, so verwachsen ist beides miteinander. Aber das ist das Zeichen eines echten Volksliedes. Und ein Volkslied kann man dies wohl nennen, wenn der Name des Dichters uns auch noch bekannt ist. Wer kennt aber jetzt noch andere der weltlichen Lieder von Simon Dach außer diesem. Sie sind alle vergessen. Aber wo das Volk sein Eigenstes ausgesprochen findet, da nimmt es Besitz davon, wie man sein Eigentum zurücknimmt, und läßt nicht wieder davon. Das Volkslied ist – um doch einmal bei meinem Fach zu bleiben,« fügte er lächelnd ein – »wie die wilde Rose. Unter allen den prangenden künstlich erzeugten Schwestern, den üppig dunklen mit betäubendem Duft, den vornehmen gelben, den sentimental blaßroten, den weißen mit schüchtern rosig angehauchten Blättern, steht sie da, kräftig und einfach – frisch, anmutig und gesund, und wo die anderen ohne künstliche Pflege vergehen und ausarten, rankt und blüht sie, ein Kind der Natur, immer noch fort in ursprünglicher Schönheit.«

»Es muß ein eigenes beglückendes Gefühl für den Dichter sein,« meinte ich, »auch nur *ein* Lied geschaffen zu haben, das ihn gleichsam zu dem Munde vieler macht, da es ihm gelang, das herauszusagen, was in Millionen Herzen unausgesprochen lag.«

Marie war hinzugetreten, sie stand in der Thür und ihre helle Gestalt hob sich schön von dem dunklen Hintergrunde des Zimmers ab.

»Ich kann mir gar nicht denken, daß solche Lieder gemacht werden,« sprach sie, »ich meine, sie müßten so entstehen, wie eine Blume sich aufthut, ganz von selber.«

»Es ist auch nicht viel anders,« sagte der Rosenkönig, »der Sonnenschein der Freude oder der Regen des Schmerzes treffen des Menschen Herz, und wenn er ein Dichter ist, dann thut die Blume sich auf und das Lied ist fertig.«

Später, als schon die Sonne anfing hinter die hohen Baumwipfel am Ende des Gartens zu sinken und die Zweige und Blätter im grünen Golde erglänzten, machten wir einen Gang zu den Rosen. Diese hingen zu unseren Häupten und standen zu beiden Seiten, wo wir nur gingen; zuweilen fiel ein Sonnenlicht durch eine Baumlücke und ließ eine Rosengruppe in wärmerem Lichte erglühen. Im Hintergrunde des Gartens ward noch eine Nachtigall laut und warf ihre Jubeltöne in den sonnigen Abend. Wir gingen dem Klange nach: »Sie hat in diesem Jahr in der wilden Ecke ihr Nest,« sagte der Rosenkönig. Es war in dem weniger betretenen Teile des Gartens, wo die Rosenschule war. Wir kamen an eine mit Gebüsch gefüllte Gartenecke; es waren dort nur wilde Rosensträuche, die sich in üppiger Pracht bis auf die Mauer hinaufgezogen hatten und nun wie besäet mit zarten blaßroten Blüten ihren würzigen Duft aushauchten.

»Da steht das Volkslied!« sagte ich.

»Dies ist die unfruchtbarste Ecke meines Gartens,« sprach der Rosenkönig, »ich habe sie darum mit wilden Rosen bepflanzt, weil ich mir auf diese Weise wilde Stämme ziehe, um meine zahmen Rosen darauf zu pfropfen; unsere großen Dichter haben es ja auch so gemacht mit dem Volksliede,« schloß er lächelnd.

Marie hatte unterdes die Nachtigall gefunden, die in einem der großen Bäume hinter der Gartenmauer auf schwankem Zweige saß. Wir bewunderten den kleinen rostbraunen Vogel und gingen dann zu einer Rosenlaube, wo zum Abend der Tisch gedeckt war.

Nach Tisch war es dämmerig geworden; der Mond, der schon bei Tage als blasse Halbscheibe am Himmel gestanden hatte, gewann an Glanz, und der rote Schein, der noch in den Wipfeln der hohen Bäume träumte, verblaßte allmählich. Wir saßen in traulichem Geplauder, während die Dämmerung sich mehrte und die Schatten sich zwischen den Gebüschen lagerten.

Doch der Mond gewann noch mehr Macht und beleuchtete mit seinem Schimmer Mariens Angesicht, die mir gegenüber saß, und ließ den Schatten ihres lockigen Haares über ihre Züge fallen. Zuweilen trafen sich unsere Augen wie zufällig und sie schaute dann in den Mond, als sei es wirklich Zufall gewesen, und ich that eine sehr unbefangene Frage an den Rosenkönig oder an ihre Mutter.

Manchmal verstummte das Gespräch und es war dann nur die Dämmerung zwischen uns, und ringsum das leise Weben der Sommernacht, und das Surren der Nachtschmetterlinge um die blühenden Rosen. Diese leuchteten gruppenweise vom Mond beschienen zu uns herüber, sie standen ganz still und tranken Mondschein, kein Blatt mochte sich rühren.

Dann brachen wir auf; der Rosenkönig ging mit Mariens Mutter voran, wir folgten. Wir sprachen nicht mehr an diesem Abend, nur gute Nacht wünschten mir uns, und ihre schlanken Finger fügten sich beim Abschied mit sanftem Druck in die meinen.

Wie ein Träumender schaute ich noch lang aus meinem Fenster in die Mondnacht. In stillem Frieden lagen die Gärten, fern ragten Baumwipfel in die Nacht und dunkle Häuser mit mondbeglänzten Dächern, und wie ein leises Murren klang das Rauschen des Stadtgewühls zu mir herüber. Ich sah zwischen den Bäumen, wo ihr Haus lag, einen Lichtschimmer entstehen; ich schaute nach ihm, bis er erlosch.

In fernen Häusern verschwand ein Licht nach dem anderen; Sterne tauchten dafür an dem dunkler werdenden Himmel auf.

Donnerstag den 6. Juli.

Seit ich vor acht Tagen, durchnäßt von dem strömenden Regen, nach Hause kam, fühle ich ein körperliches Unbehagen in mir, das von Tag zu Tage zunimmt. Ich kann nicht sagen, was es ist, aber es liegt auf mir wie ein Druck und umgibt mich wie ein dünner Nebel, ich kann nicht arbeiten und habe an nichts Freude. Selbst der Aufenthalt bei meinem lieben Rosenkönig ist mir drückend; er ist so einsilbig und scheint viel nachzudenken, und zuweilen sieht er mich mit eigentümlichen Blicken an. Neulich fragte er mich, ob mir etwas fehle; ich sagte: »Nein,« und dann sah er mich wieder forschend von der Seite an und lächelte so sonderbar.

Ich war so selig, so glücklich; die Tage waren mir voll Sonnenschein, ich lebte im Glücke des Tages und dachte nicht an das, was kommen wird. Aber es ist oft gleichsam, als wolle uns das Schicksal seine rosigste Seite zeigen, sein holdestes Lächeln gönnen, damit uns das Dunkle, das es schon in Bereitschaft hält, um so schwärzer und hoffnungsloser erscheinen möge.

Und was ist es denn eigentlich, was mich quält, der ich vor acht Tagen noch so unendlich glücklich war?

Muß denn Marie nicht zurückhaltend gegen mich sein, wie sie es jetzt ist, da sie jede Begegnung mit mir fast ängstlich vermeidet? – Ist es nicht an mir zu sprechen, da es so weit gekommen ist; müßte ich nicht jetzt offen hintreten und sagen: »Willst du mein Weib sein?«

Aber als mir dieser Gedanke erwachte, machte er mich zaghaft und füllte mein Herz mit Bangen. In schlaflosen Nächten habe ich erwogen und gedacht; doch ich kam nur zu dem Einen: Wie darfst du vor ihre Mutter hintreten oder vor den Rosenkönig, der gleichsam ihr Vater ist, und zu ihnen sprechen: »Gebt mir diese Blume, diese Rose, die eure beste Kostbarkeit ist;« wie darfst du das thun, der du ein Gelehrter ohne Namen und ohne Vermögen bist, der nichts hat, als seine Feder und seinen guten Willen. Ich kann es nicht erfinden und ausdenken, wie es werden soll.

O welch ein grauer Tag ist heute. Es hat einige Zeit geregnet und am Himmel schieben sich faul und verdrossen die Wolken durcheinander; zuweilen geht ein Sprühregen, den der stoßweise Wind gegen mein Fenster prickeln läßt. Verregnet und zerzaust stehen die Rosen und die Steige sind mit ihren verwehten Blättern bedeckt. Die Rosenranke vor meinem Fenster ist verblüht, nur eine halb entblätterte Blüte schlägt bei jedem Windstoß pochend an die Scheiben.

Sonnabend den 15. Juli.

Herr Grund war vor einigen Tagen bei mir, er fand mich verändert und blaß und fragte nach meinem Befinden.

»Es ist nichts,« sagte ich, und dann lenkte er das Gespräch auf den Rosenkönig.

»Na, Sie sind ja jetzt wie ein Kind im Hause dort,« sagte er, »es ist ein prächtiger Mann, der Rosenkönig, aber er schließt sich zu sehr ab, – das sollte ich nur sein, – so ein Mann wie der, wohlhabend und angesehen; wenn er sich darum bekümmern wollte, der könnte alle Tage Stadtverordneter werden. Aber der kennt nur seine Rosen – sind aber auch schön, – dieses Jahr besonders – na, die eigentliche Blütezeit ist ja nun vorbei – aber er hat immer noch bis in den späten Herbst welche.«

Herr Grund war im Zuge und da mußte man ihn ruhig gewähren lassen; es störte ihn nur, wenn man ihm antwortete. So redete er denn von vielerlei, von der großen Hitze, von der schlechten Ausdünstung der Kanäle im Tiergarten, von einem neuen Eisenbahnprojekt, dann kam er aufs Häuserbauen und mit einemmal fragte er: »Sie wissen doch, daß der Rosenkönig auch bauen will?«

»Er hat mir nichts davon gesagt,« meinte ich etwas verwundert.

»Nicht?« meinte Herr Grund, »das ist doch merkwürdig, da glaube ich doch ganz gewiß, daß etwas dahinter steckt. Bauen kann man es nun am Ende wohl gerade nicht nennen, es ist wohl kaum ein Umbau. Sehen Sie, er hat mich um Rat gefragt, weil er die obere Etage seines Hauses, die seit dem Tode seiner Tante unbewohnt ist, wieder einrichten will. Da ist nun mancherlei zu machen. Neue Tapeten, neue Fußböden, denn die sind auch schon morsch und wackelig in dem alten Kasten; eine Wand soll herausgenommen werden, um aus zwei kleinen Zimmern eins zu machen; und da hat er noch so eine phantastische Idee, er will nämlich oben einen Balkon anbringen mit einer Treppe nach dem Garten hinunter – na meinetwegen, er ist nun einmal so.«

Ich hatte ganz verwundert zugehört: »Er hat ja aber unten Platz genug,« sagte ich, »was will er denn mit allen den Zimmern noch?«

Herr Grund sah außerordentlich schlau aus in diesem Augenblicke; seine Augenbrauen zogen sich hoch und sein gutmütiges rotes Gesicht glänzte vor Vergnügen über seine eigene Pfiffigkeit.

»Erinnern Sie sich wohl noch, liebster Herr Walter, was ich früher einmal zu Ihnen sagte? Marie Werner und der Rosenkönig! Jetzt kommt es zum Vorschein, was ich immer vorausgesehen habe. Wissen Sie wohl noch, daß ich zu Ihnen sagte: Es wird! Sehen Sie, jetzt wird es! Weil er sich verheiraten will, darum baut er.« Und Herr Grund sank voll hoher Genugtuung in seine Sofaecke zurück.

So sehr ich auch immer diesen Gedanken von mir gewiesen hatte, so wenig er mir auch früher in den Sinn gekommen war, so hatte ich mich in der letzten Zeit in meiner krankhaften Aufregung schon selber damit gequält, und darum erschrak ich, von einem dritten ihn so fest und bestimmt und mit einer gewissen Begründung ausgesprochen zu hören. Ich versank in grübelnde Gedanken, und

Herr Grund, der meine Zerstreuung bemerkte, erhob sich, nachdem er noch Verschiedenes gesprochen, was ich kaum gehört hatte, meinte, er wolle nicht länger stören, und ging.

Wie haben mich meine Gedanken seit der Zeit gequält, bei Tage und in schlaflosen Nächten. Ich erinnerte mich an jeden Blick, an jedes Wort des Rosenkönigs, an seinen ganzen Verkehr mit Marie, an sein eigentümliches Wesen mir gegenüber, an die Aengstlichkeit, mit der jene vermied, mit mir allein zu sein. Wenn ich mit ihnen zusammen war, beobachtete ich beide heimlich, jedes Lächeln, das sie ihm schenkte, gab mir einen Stich durchs Herz, und als sie einmal stand und ihn freundlich anschaute und er ihr das lockige Haar streichelte, wollte es mir die Brust zusammenschnüren. Ich sprach zu mir selber: »Dein Thun und Denken ist thöricht,« und erinnerte mich jener sonnigen Tage, die vergangen waren, aber es gab mir nur Grund zu neuen Quälereien; denn wenn es Wahrheit war, was ich fürchtete, fiel dann nicht ein Schatten auf Mariens Reinheit, hatte sie nicht dann ihr Spiel mit mir getrieben?

Und dazu das körperliche Unbehagen; es liegt auf mir wie die drückende Schwüle, die draußen in der glühenden Julisonne brütet. Weiße lautlose Wolken schieben sich am Himmel durcheinander und verdecken zuweilen die Sonne, ohne daß die Glut sich mildert. Am Horizont haben sie sich zu grauweißen Gebirgen gelagert, die glänzenden Gipfel schauen über den Bäumen hervor.

Die Ungewißheit wird mir unerträglich, ich glaube, ich werde krank, wenn es noch länger dauert. Ich fühle es, diese Angelegenheit muß zu Ende kommen, je eher je besser.

Je eher je besser – und warum kann es nicht heute sein? Ich will hingehen und sprechen zum Rosenkönig, wie mir ums Herz ist, da wird sich alles entscheiden. Ich will um ihre Hand bei ihm bitten, ich will meinem Schicksal ins Auge sehen. Nun mag es sich entscheiden, für mich oder wider mich. Für mich – o, ich mag das Glück nicht ausdenken! – und wider mich – Die schönste Hoffnung meines Lebens müßte ich zu Grabe tragen!

Dienstag den 12. September.

Eine lange Zeit ist verflossen, seit ich die letzten Worte schrieb, eine lange Zeit, von der ich wenig weiß, die nebelhaft verschwommen hinter mir liegt, wie ein wilder Traum, dessen man sich beim Aufwachen vergebens zu erinnern versucht.

Eines Tages war mir, als erwache ich aus langem unruhigen Schlaf, in dem mich gaukelnde Schreckgestalten geängstigt, ich fühlte mich von einer unbeschreiblichen Mattigkeit durchdrungen, und selbst die Hand zu erheben, die auf der bunten geblümten Bettdecke lag, deuchte mir eine Anstrengung. Ich verspürte wenig Verwunderung darüber, daß ich in einem hohen Himmelbette mit bunten Vorhängen von chinesischem Muster lag, und daß ich durch eine Ritze in diesen nach mühsamer Wendung des Kopfes in ein mir ganz unbekanntes Zimmer schaute. Vielleicht waren meine Geisteskräfte noch zu schwach, um sich zu verwundern. Als ich nun so dalag und die bunten Chinesen anschaute, die auf dem Vorhange Thee tranken oder mit Sonnenschirmen und Fächern in wunderlichen Gärten zwischen niedlichen Felsen und sonderbaren Pflanzen lustwandelten, hörte ich ein leises Geräusch im Zimmer, wie wenn man die Blätter eines Buches umwendet, dann ein Räuspern, das mir bekannt vorkam und eine grübelnde Bewegung in meinen geschwächten Denkkräften hervorrief. Dabei mochte ich mich unwillkürlich gerührt haben, denn ich hörte jemand aufstehen, leise Schritte nahten sich meinem Bette, der Vorhang ward sanft und vorsichtig zurückgeschlagen und herein schaute das freundliche, besorgte Gesicht des Rosenkönigs.

»Sie wachen!« rief er, »Sie sind bei Besinnung; o, der Doktor hat recht gehabt, nun ist alles gut!«

»Ich war wohl sehr krank?« wollte ich sagen, allein ich war so schwach, daß ich nur die Lippen bewegen konnte und keinen Laut hervorbrachte.

»Versuchen Sie nicht zu sprechen, seien Sie ganz ruhig, sie dürfen nur schlafen und stillliegen,« sprach der Rosenkönig.

Mir kam, während er sprach, eine dunkle Erinnerung an das, was vor meiner Krankheit war; ich fühlte es wie einen leisen Schmerz in der Gegend des Herzens.

Der Rosenkönig schien das in meinem Gesichte zu lesen, er sprach gleich darauf: Seien Sie ganz ruhig und denken Sie nicht; es ist alles gut, alles,« und dabei lächelte er mir beruhigend zu; ich mußte auch lächeln, denn es kam über mich eine unendliche Beruhigung, und indem verschwamm der Rosenkönig vor meinen Augen, die bunten Vorhänge erschienen wie ein wogendes Farbenmeer, und ich verlor wieder die Besinnung.

Gegen Abend, es mußte so in der Dämmerung sein, erwachte ich noch einmal zu einem Halbtraum, in dem es mir war, als hörte ich flüsternde Stimmen im Zimmer und darunter eine, deren Klang mich mit stiller Beseligung erfüllte, ohne daß ich recht zum Bewußtsein gelangte, weshalb; dann klangen die Stimmen ferner und ferner und verschwammen schließlich, als sich der Schlaf gänzlich meiner bemächtigte.

Mittwoch den 13. September.

Als ich an jenem Tage entschlossenen Mutes zum Rosenkönig ging, um die Entscheidung meines Schicksals aus seinem Munde zu hören, ward ich wieder ganz mutlos, als ich in sein Haus eintrat. Ich traf Herrn Grund bei ihm und war eigentlich froh, dadurch noch einige Frist zu gewinnen. Sie sprachen über den beabsichtigten Umbau. Es fiel mir schwer aufs Herz, ich hörte mit peinlicher Aufmerksamkeit zu, immer hoffend, einen Beweis für das Gegenteil meiner Befürchtungen zu hören. Herrn Grund prickelte die Neugier ganz außerordentlich, das hörte ich aus allen Bemerkungen und Andeutungen. Zuletzt vermochte er sich wohl nicht mehr zu bemeistern, denn er fragte: »Man darf wohl schließen, Herr Born, daß noch Veränderungen anderer Art in Aussicht sind, die mit diesem Bau im Zusammenhange stehen – entschuldigen Sie meine Frage –, allein das Interesse . . .«

»O ja, ich denke, daß noch Veränderungen anderer Art in Aussicht sind,« antwortete der Rosenkönig, und dabei traf mich wieder ein merkwürdiger Seitenblick, so daß ich dachte, er wolle nur nicht mehr sagen in meiner Gegenwart. Ich stand auf und ging wie zufällig in das Nebenzimmer. Dort lag eine angefangene Malerei auf dem Arbeitstische; es war wieder ein Moosrosenzweig und daneben war in Umrissen ein zweiter Blütenzweig angedeutet, den ich noch nicht erkennen konnte. Es überkam mich eine Art von Verzweiflung; ich fühlte plötzlich so scharf und drückend das Elende meiner Lage, daß ich alle meine Vorsätze vergaß, durch eine andere Thür das Haus verließ und mit eiligen Schritten ins Freie eilte. Es war eine drückende schwüle Luft dort, die Sonne war hinter dem Geschiebe und Gebraue der Wolken verschwunden und die unheimliche brütende Stille unterbrach nur zuweilen ein Windstoß, der den Staub aufwirbelte und die aus dem Tiergarten heimkehrenden Spaziergänger zu größerer Eile anspornte.

Ich gelangte ins Freie, wo sich rechts der Weg an den letzten Häusern entlang zum Tiergarten hinzieht; ich verfolgte ihn mechanisch, mir war es gleich, wohin er mich führte, wenn es nur einsam war.

Hoch in der Luft jubelte unter dem dräuenden Himmel eine Lerche; es war in dem lauernden Schweigen fast unheimlich anzuhören. Selbst unter die schattigen Kronen des Laubdaches, wo die Dämmerung schon sich lagerte, war die Schwüle geschlichen und hielt alles umfangen wie mit einem Zauberbann, wie der giftige Hauch einer Schlange, die jeden Augenblick bereit ist loszuspringen.

Zuweilen ging wie banges Ahnen ein Schauern durch die Wipfel; dann murrte und grollte es näher und näher. Plötzlich machte der Wind sich brausend auf, daß die Wipfel der uralten Bäume ächzten und die Aeste sich knirschend aneinander rieben, und nun war es da, nun stürzte der Regen, nun zuckte es leuchtend durch die grüne Finsternis und am Himmel rollte es aufpolternd und dann mit leisem Grollen verhallend dahin.

Die Spannung, der unerträgliche Zustand, in dem ich mich so lange befunden hatte, fing an sich zu lindern, und als ob die entfesselte Natur endlich den lange brütenden Sturm in meiner Brust gelöst hätte, brach ich plötzlich in einen unerbittlichen Strom von Thränen aus. Dann überkam mich, wie ich so in dem strömenden Regen dahineilte und rings um mich die gewaltige brausende Natur war, eine wilde Lustigkeit; ich jubelte in das Krachen des Donners hinein, ich riß meine Kleider auf und bot meine Brust dem Sturm und Regen dar; mir war zu Mute, als müsse das brausende All mich jubelnd in sich aufnehmen und ich im Sturm der aufgeregten Elemente verschwinden und vergehen.

Es war schon ganz dunkel geworden, und das blaue Leuchten der Blitze in den Wasserlachen des Weges und das plötzliche Auftauchen der Bäume mit ihren Stämmen und fein gegliederten Zweigen aus dem Dunkel ist die letzte Erinnerung, die ich an diesen Abend bewahrt habe. Wie man mich am Morgen in durchnäßten Kleidern im heftigsten Fieber auf meinem Sofa fand und der Rosenkönig mich sofort, als er es erfuhr, in seine Wohnung bringen ließ, das hat er mir dann selber erzählt.

Donnerstag den 14. September.

Ich bin noch etwas schwach; der Doktor hat mir verboten, so viel auf einmal zu schreiben, und gestern, als ich eben das letzte Wort schrieb, legte sich eine schöne Hand auf die meine, nahm mir sanft die Feder aus der Hand und trug sie fort, – ich litt es so gern.

Wie soll ich die Zeit schildern, die hinter mir liegt. Wie ich langsam, ganz langsam, immer kräftiger und munterer ward, wie dann die deutliche Erinnerung des Vergangenen kam und ich den Rosenkönig so unruhig ansah, daß er endlich vom Doktor die Erlaubnis auswirkte, mir alles zu sagen.

Ich erfuhr, daß ich in meinem Fiebertraume alles verraten habe, was schon längst kein Geheimnis mehr war; aber auch von meinem ganzen Mißverständnis war der Rosenkönig unterrichtet worden. Ich mußte lachen, als er von meinen sonderbaren Fieberphantasien erzählte. Herr Grund spielte darin eine große Rolle, er hatte nach meiner Ansicht eine Klappe in der Wand neben meinem Bette, aus der er, wenn es ihm beliebte, hervorschaute und mich ängstigte. Ich hatte oft gerufen: »Macht doch die Klappe zu! Nehmt den grinsenden Philister weg, er zerpflückt mir alle Rosen!« Und dann hatte ich viel von Moosrosen mit grünen Hüten und braunen Bändern gesprochen und dergleichen mehr.

»Nun ist ja aber alles gut,« schloß der Rosenkönig, »und wenn der Doktor es erlaubt, sollst du sie auch bald sehen.«

Und nun trat eines Tages Marie mit ihrer Mutter in die Thür. Das schöne Mädchen ging sanft errötend an mein Bett und reichte mir ihre Hand. Sie setzte sich neben mich; ich hielt ihre Hand in meinen beiden, und wir konnten beide zuerst nicht sprechen und sahen uns nur in die Augen. Dann saßen sie alle drei um mich her, und wir sprachen von allerlei Dingen, und der Rosenkönig und Frau Werner sahen uns mit zufriedenen glücklichen Augen an. Dann kamen die letzten Strahlen der Abendsonne durch das Fenster und beleuchteten rosig Mariens Antlitz, und ließen die bunten Chinesen des Vorhanges durchsichtig erglühen. Unser Gespräch war wie die Abenddämmerung, die nun hereinbrach, so leise dämmerte es hin und verstummte allmählich. Ich hielt noch immer ihre Hand in der meinen und streichelte sie sanft. Die beiden Alten standen auf und gingen an das Fenster, wo ich sie leise miteinander sprechen hörte; ich aber drückte die weiche schöne Hand sanft und fragte fast unhörbar, aber Marie verstand es doch: »Du weißt nun alles, liebe Marie, willst du mein eigen sein? Ich habe dich so lieb, wie nichts in der Welt.«

Sie antwortete nicht, sie zögerte einen Augenblick, dann beugte sie sich sanft über mich, die weichen Locken wallten um mein Antlitz und ich fühlte zum erstenmal den jungen unschuldigen Mund auf dem meinen. Dann richtete sie sich wieder auf und wir verharrten einen Augenblick in seligem Schweigen.

Der Rosenkönig trat mit lächelndem Gesicht zu uns und sprach: »So, Kinder, laßt es genug sein für heute; die Zeit, die der Doktor gestattet hat, ist abgelaufen, der Patient muß seine Ruhe haben.«

Sonntag den 17. September.

Es war eine wunderbare Zeit, die Zeit meiner Genesung. Wie sie alle so liebevoll um mich sorgten, mit leisem Schritte durchs Zimmer gingen und flüsternd miteinander sprachen, wenn sie dachten, ich schliefe, – wie sie darauf bedacht waren, mir Freude zu bereiten. Ich denke noch immer daran, wie Marie mir zum erstenmal Blumen aus dem Garten brachte. Was ist eine Blume doch für ein köstliches Ding, zumal eine Rose. Die zarten rötlichen Blätter, am Ende ein wenig umgebogen, in dichter Fülle sich zu einem Rund schließend und köstlichen Duft aushauchend. Wie zierlich schließt sich dann der in zarte Spitzen auslaufende grüne Kelch daran, und dann der mit seinen rötlichen Härchen besetzte Stengel und die runden, sägeförmig gezahnten Blätter, die wieder einen anderen strengeren Duft haben, – wie ist es alles schön. Ich glaube, das vermag nur ein Genesender zu empfinden, dessen Sinne erst wieder zu neuem Leben erwachen. Und Marie, meine kleine Rose, war sie nicht noch viel schöner. Der Doktor behauptete, ich würde mit einer ganz unerlaubten Geschwindigkeit gesund, er erklärte mich für einen seltenen Fall in zwei Hinsichten: erstens, weil ich überhaupt am Leben geblieben sei, und zweitens, weil ich so schnell mich kräftige. Aber warum sollte ich auch nicht, es war ja lauter Sonnenschein um mich. Marie war so schön, wenn sie in ihrem hellen Kleide durchs Zimmer ging, um mir etwas zu holen, und sich mit freundlichem Lächeln nach mir umsah, oder wenn sie neben mir saß und mir vorlas, und ich dann manchmal gar nicht zuhörte, sondern sie ansah und mit schönen hellen Farben an dem Bilde unserer Zukunft malte. Oder wenn sie des Morgens kam, frisch wie ein Frühlingsmorgen, oder wenn sie des Abends ging und mir mit einem Kuß gute Nacht wünschte.

Aber viele Stunden war ich auch allein, denn so wollte es der Doktor, da ich noch nicht viel sprechen durfte. Da lag ich denn in dem stillen Zimmer, in dem die Sonnenstäubchen webten, und horchte auf allerlei Töne von außen, oder ich studierte an meinen bunten Vorhängen, wo sich die Bilder immer wiederholten. Ich verglich die gleichen Bilder miteinander und freute mich wie ein Kind, wenn ich entdeckte, daß auf dem einen Bilde der Zopf des würdigen Chinesen etwas länger war als auf dem anderen; oder ich versuchte mathematische Figuren herzustellen, indem ich mir besonders auffallende Punkte durch gerade Linien verbunden dachte; oder ich sann nach, wie wohl die dargestellten Leute heißen möchten, und machte mir wunderliche Namen zurecht, die sehr chinesisch klangen; oder ich dachte mir ganze Gespräche aus, die die guten Leute miteinander führten, und was so Genesungsbeschäftigungen mehr sind.

Eines Tages erzählte mir auch der Rosenkönig seine Geschichte. Sie war sehr einfach und mir in anderer Auffassung allerdings durch Herrn Grund schon ziemlich bekannt. Seine Großmutter und seine Tante hatten ihn sehr geliebt, aber auch sehr verzogen und durch diese verkehrte Erziehung einen menschenscheuen Träumer aus ihm gemacht, der vor jeder Berührung mit der Außenwelt eine bange Scheu besaß. Sein einziger Umgang war die Nachbarstochter, jetzt Mariens Mutter, die einige Jahre jünger war als er. Zu dieser faßte er, als er erwachsen war und sie nicht mehr so viel zusammenkamen, eine stille, aber innige Liebe, die jedoch von ihr nicht erwidert, ja wohl kaum geahnt wurde. Das junge lebensfreudige Mädchen war es, das ihn eines Tages, als sie allein miteinander waren, im Laufe des Gespräches aufklärte über die eines jungen

Mannes unwürdige Stellung, die er einnahm. Die Augen des schönen Mädchens leuchteten, wie sie ihm das Leben und Streben eines jungen Mannes schilderte, wie sie es sich dachte, in freudiger Arbeit und in beharrlichem Streben nach hohen und edlen Zielen.

Alles, was in seiner Seele schon in dunkler Ahnung gelegen hatte, erwuchs durch diese Unterredung zur Klarheit, und er fühlte schmerzlich, wie unwürdig er dieses Mädchens sei, und wie er danach mit allen Kräften zu streben habe, ihrer würdig zu werden. Daher der plötzliche Entschluß, in die Welt zu gehen, und alles andere, was mir durch Herrn Grund schon bekannt war.

Nachher, als sie den Doktor Werner heiratete, hatte es ihn nicht in ihrer Nähe gelitten, und erst nach dessen Tode war er zurückgekehrt. Nun lebten beide in einem schönen Freundschaftsverhältnis miteinander.

Dienstag den 26. September.

Wie thöricht komme ich mir vor, wenn ich an jene Zeit vor meiner Krankheit zurückdenke, wie unbegreiflich scheint mir meine damalige Verblendung. Jetzt, da mir alles klar ist, was hinter mir war, da mein froher Blick in die Zukunft sieht wie in eine schöne, sonnig klare Herbstlandschaft, wo alles in gedämpftem Golde schwimmt, wo das Nahe so schön ist und das Ferne fast noch schöner, da fasse ich kaum, wie mein Kopf ein solcher Tummelplatz von Nebelwolken und schreckhaften Einbildungen sein konnte.

Ich wohne seit einiger Zeit schon wieder in meiner Wohnung, weil der Bau in des Rosenkönigs Hause nun wirklich begonnen hat. Das ist dort ein Rumoren und Wirtschaften im oberen Stockwerk, ein Messen, Sägen, Hobeln, Kleben und Streichen, daß es eine Art hat, denn alles soll vor dem Winter noch fertig werden. Der Rosenkönig und Mariens Mutter hatten damals längst bemerkt, wie es zwischen mir und Marie stand, und da wollte der Rosenkönig ganz stille uns eine Wohnung herrichten, und dann sollten wir dort wie eine einzige Familie wohnen; so war sein Plan. Sie erwarteten immer, daß ich mich aussprechen sollte, und daher kam alles, was ich so schief aufgefaßt hatte.

Ich kann mein Glück zuweilen noch gar nicht fassen; auf einem einsamen Spaziergange im Tiergarten warf ich gestern mit einemmal meinen Hut in die Luft und fing laut an zu jauchzen, so daß ein würdiges, in einiger Entfernung lustwandelndes Ehepaar sich entsetzt umsah und mich mit verwunderten Augen betrachtete.

Freitag den 20. Oktober.

Vorgestern waren wir alle vier hinausgewandert ins Freie. Es war ein wunderschöner sonniger Spätherbsttag und wir saßen auf der Anhöhe im Tiergarten, wo man hinausschaut in die weite Ebene. Aus dem bräunlichen Grün der Bäume blinkten zierliche weiße Villen und ringsum lag der freundliche Sonnenschein. Neben mir saß Marie und lehnte ihren Kopf an meine Schulter, und wir schauten nach den weißen glänzenden Sommerfäden, die im leisen Luftzug dahinschwammen.

Und als ich am Abend nach Hause kam, saß ich in stillem Sinnen noch lange und dachte meinem Glücke nach.

Denn das Herrlichste, was der Mann auf dieser Welt erlangen kann, das ist ein liebes, schönes und getreues Weib; denn die wahre Liebe ist das Bleibende, Bestehende, der stille schöne Stern, an dessen ruhigem, mildem Schein wir uns kräftigen und trösten, wenn alles sich uns entgegenkehrt. Wohl dem, der sie gefunden. Ich aber weiß nicht, wie ich dessen würdig bin und wie ich es verdienen soll. Ich habe nie gestrebt nach dem strahlenden Sonnenglanze des Ruhmes, ich habe mir nie gewünscht, auf der blendenden Höhe des Lebens zu wandeln. Aber was ich mir wünschte, ein stilles, zufriedenes, erwärmendes Los, ich habe es gefunden - und gebe es Gott allen, die sich danach sehnen.

tredition®

Über tredition

Eigenes Buch veröffentlichen

tredition wurde 2006 in Hamburg gegründet und hat seither mehrere tausend Buchtitel veröffentlicht. Autoren veröffentlichen in wenigen leichten Schritten gedruckte Bücher, e-Books und audio-Books. tredition hat das Ziel, die beste und fairste Veröffentlichungsmöglichkeit für Autoren zu bieten.

tredition wurde mit der Erkenntnis gegründet, dass nur etwa jedes 200. bei Verlagen eingereichte Manuskript veröffentlicht wird. Dabei hat jedes Buch seinen Markt, also seine Leser. tredition sorgt dafür, dass für jedes Buch die Leserschaft auch erreicht wird.

Im einzigartigen Literatur-Netzwerk von tredition bieten zahlreiche Literatur-Partner (das sind Lektoren, Übersetzer, Hörbuchsprecher und Illustratoren) ihre Dienstleistung an, um Manuskripte zu verbessern oder die Vielfalt zu erhöhen. Autoren vereinbaren direkt mit den Literatur-Partnern die Konditionen ihrer Zusammenarbeit und partizipieren gemeinsam am Erfolg des Buches.

Das gesamte Verlagsprogramm von tredition ist bei allen stationären Buchhandlungen und Online-Buchhändlern wie z. B. Amazon erhältlich. e-Books stehen bei den führenden Online-Portalen (z. B. iBookstore von Apple oder Kindle von Amazon) zum Verkauf.

Einfach leicht ein Buch veröffentlichen: **www.tredition.de**

Eigene Buchreihe oder eigenen Verlag gründen

Seit 2009 bietet tredition sein Verlagskonzept auch als sogenanntes "White-Label" an. Das bedeutet, dass andere Unternehmen, Institutionen und Personen risikofrei und unkompliziert selbst zum Herausgeber von Büchern und Buchreihen unter eigener Marke werden können. tredition übernimmt dabei das komplette Herstellungs- und Distributionsrisiko.

Zahlreiche Zeitschriften-, Zeitungs- und Buchverlage, Universitäten, Forschungseinrichtungen u.v.m. nutzen diese Dienstleistung von tredition, um unter eigener Marke ohne Risiko Bücher zu verlegen.

Alle Informationen im Internet: **www.tredition.de/fuer-verlage**

tredition wurde mit mehreren Innovationspreisen ausgezeichnet, u. a. mit dem Webfuture Award und dem Innovationspreis der Buch Digitale.

tredition ist Mitglied im Börsenverein des Deutschen Buchhandels.

Dieses Werk elektronisch lesen

Dieses Werk ist Teil der Gutenberg-DE Edition DVD. Diese enthält das komplette Archiv des Projekt Gutenberg-DE. Die DVD ist im Internet erhältlich auf **http://gutenbergshop.abc.de**